ROWOHLT
BERLIN

Aus dem Ungarischen
von Ilma Rakusa

Imre Kertész

Ich – ein anderer

Rowohlt · Berlin

1. Auflage März 1998

Die ungarische Originalausgabe erschien 1997 unter dem Titel
«Valaki más. A változás krónikája» bei Magvető, Budapest

Umschlaggestaltung Walter Hellmann
(Foto: G+J Photonica, Joshua Sheldon)
Satz aus der Aldus PostScript PageOne
Gesamtherstellung Clausen & Bosse, Leck
Printed in Germany
ISBN 3 87134 334 X

«… denn ich bin es, den ich darstelle.»

Montaigne

«… ich habe nicht existiert, ich bin jemand anderer gewesen (…) Heute auf einmal bin ich zu dem zurückgekehrt, der ich bin oder zu sein träume.»

Pessoa

«‹Ich› ist eine Fiktion, bei der wir bestenfalls Miturheber sind.»

I. K.

«Ich ist ein anderer.»

Rimbaud

Neunzehnhunderteinundneunzig. Herbst am kalten Donauufer, die nahe Dämmerung tauchte die in ihrem lügenhaften Prunk schäbig gewordenen Palais der Pester Seite in herbes Apfelgrün.

Alles in mir schläft, tief und reglos. Ich rühre in meinen Gedanken, Gefühlen, als wär's eine Autoladung lauen Teers.

Warum fühle ich mich so verloren? Offenbar, weil ich verloren bin.

Alles ist falsch (durch mich, wegen mir: meine Existenz verfälscht es).

Wenn die Leere (meine innere Leere) Schuldgefühle auslöst, so geht das womöglich auf unsern Ursprung zurück. Der Schöpfung ging Beklemmung voraus: *der Horror vacui ist eine ethische Tatsache*.

Gestern, auf einer albernen Konferenz mit dem albernen Titel «Hungarian-jewish coexistence», kam im Vortragssaal ein älterer Herr auf mich zu; sein Gesicht war teigig und formlos, sein Haar in Streifen schütter wie ein abgewetztes Plüschkanapee: kein einziger seiner Gesichtszüge kam mir bekannt vor. Zu meinem Erstaunen umarmte er mich plötzlich und stellte sich vor: ein Freund, wir hätten uns fünfunddreißig Jahre nicht gesehen. Er lebe im Ausland. Er habe von mir gehört, lese meine Bücher. Meine «Verwandlung» könne er nicht nachvollziehen. *Damals* habe er nichts Besonderes an mir bemerkt, es hätte keinerlei Anzeichen für meine «höheren Fähigkeiten» gegeben. Ich entschuldigte mich ein wenig für diese unerwartete Entwicklung, in Wirklichkeit aber wühlten mich seine Worte auf. Seit je neige ich dazu, mich für einen «Jedermann» zu halten, der allerdings in einer Hinsicht keine Anstrengung scheut: wenn es darum geht, klaren Kopf zu behalten. Was sind meine «höheren Fähigkeiten»? Ich bin der einzigen Inspiration dieses Landes nicht gefolgt: jenem permanent verführerischen Sirenengesang, der zum seelischen, geistigen und physischen Selbstmord verleitet, und das zeugt von einer gewissen Vitalität. Doch wäre es höchst unbesonnen, ja verblendet, dieses Minimum als Sieg zu werten. Was nun hat sich durch die «Wende» gewandelt? Gibt es kein Ausgeliefertsein mehr? Bin ich von mir selbst erlöst? Man hat mir nur die conditio minima, meine persönliche Freiheit zurückgegeben – die Tür zur Zelle, in der ich vierzig Jahre lang festgehalten wurde, ging, wenn auch quietschend, auf, und vielleicht genügt das, um mich zu verstören. Man kann die Freiheit nicht am selben Ort kosten, wo man die Knechtschaft erduldet hat. Ich müßte weggehen, weit weg von hier. Ich werde es nicht tun.

Also müßte ich wiedergeboren werden, mich verwandeln – doch in wen, in was?

Es regnet. An einem Kaffeehaustisch erklärt ein Mann einer Frau etwas, das sich nicht erklären läßt. Er möchte aufhören mit den unablässig scheiternden Glücksversuchen. Er hat genug von der Jagd nach Freude – auf dem Irrweg der Versprechen, die ins Nichts führen. Nein, keine andere Frau, Gott behüte. Freiheit. Auftauchen aus dem jahrelangen trüben Strudel aufeinanderfolgender Beziehungen. Er hat es satt, in jedem Verhältnis seine eigene Unzulänglichkeit zu erkennen. Ihm schwebt ein kurzes, intensives, schöpferisches Leben vor. Treue, mürrische Pflichterfüllung als das nährende Feuer einer Dauerdepression. Dieses Feuer ist eiskalt, doch lodert darin große Genugtuung. «*Was wußten sie, wer er war*»* – niemand weiß, wer er ist, und er wünscht, daß man ihn mit seinem Geheimnis allein läßt. Das Gesicht der Frau, während sie ihm zuhört. Jetzt müßte sie aufstehen, stolz, müßte sich mit unterdrücktem Schluchzen entfernen. Sie rührt sich nicht. Also springt der Mann auf, küßt die Frau sachte, rasch auf die Augen und eilt aus dem Kaffeehaus. Nein, er tut es nicht. Er winkt den Kellner herbei, zahlt. Sie erheben sich gleichzeitig. Durch die regennasse Fensterscheibe kann man sehen, wie sie auf die Straße treten. Der Mann öffnet den Regenschirm. Sie gehen ein paar Schritte nebeneinander, dann hakt sie ihn unter, und nach kurzer Unkoordiniertheit sind ihre Schritte im Takt. Von der Tür her weht ein leichter Luftzug durch den Raum, wie das flüchtige Gekicher der Vergeblichkeit.

* Im Original deutsch

Es regnet. Alte Parteiführer äußern sich im Fernsehen. Sie «glaubten» an die Partei. Sie «glaubten», daß «Irrtümer», «Fehler» passiert seien, aber sie «glaubten» zum Beispiel, daß «Stalin davon nichts gewußt» habe. Usw. Doch wäre es falsch, anzunehmen, sie hätten solche Gemeinplätze nicht mit echten Inhalten, ihren sogenannten «Glauben» nicht mit echten Gedanken oder Gefühlen verwechselt. Die daraus zu ziehende Lehre: diese Menschen haben ihr Leben auf einen falschen Gebrauch der Sprache gebaut. Schlimmer noch, sie haben diesen falschen Sprachgebrauch zum gültigen Konsens erhoben und haben bei ihrem Abgang lauter Sprachgeschädigte zurückgelassen, die nun dringend moralische Soforthilfe benötigen, da die durch den falschen Sprachgebrauch wertlos gewordenen, wie Papierfetzen zerfasernden Worte plötzlich ihre moralischen Verletzungen zu enthüllen scheinen. Moralische Prothesen klappern, moralische Krücken knarren, moralische Rollstühle rollen, wohin ich auch blicke. Es geht nicht darum, eine Epoche wie einen Alptraum zu vergessen: *sie* waren ja der Alptraum, also müßten sie *sich selber* vergessen, um leben zu können. Woher aber soll man wissen, ob es nach einem langen Tod möglich, verlockend ist, wieder zu leben. Ist denn je einer auferstanden – nicht um Wunder zu verkünden, sondern um einfach weiter so dahinzuleben, im wesentlichen *aus dem gleichen Grund* wie zuvor (nämlich grundlos), und ohne das Ereignis der Auferstehung auch nur bemerkt zu haben? Ist Lazarus in der Rolle eines Chaplin denkbar?

Der feuchte, zehrende Wind der Tragödien heult. Die Erde tut sich auf, der Himmel stürzt ein. Die Menschen verändern sich jäh, fallen in sich zusammen, altern. Der Hauch der Hölle bläst ihnen die Farbe vom Gesicht. Graue und weiße Gestalten, Leichen nähern sich auf den Straßen. Metamorphosen der Apokalypse. Als ich auf der Vérmező an dem mit Judensternen vollgekritzelten Standbild von Béla Kun vorbeischlenderte, begriff ich mit einemmal, daß das, was ich in jungen Jahren für Feigheit, Dummheit, Blindheit und – im Grunde genommen – für eine unbegreifliche tragikomische Form von Selbstmord gehalten hatte, in Wirklichkeit Hilflosigkeit ist, die in Würde umschlägt. Es liegt eine gewisse Würde darin, daß der Mensch schließlich den Befehl des Mörders ausführt und mit Gleichmut erträgt, daß er gebrandmarkt und abgeschlachtet wird. In der Bequemlichkeit – der Bequemlichkeit der Opferrolle – liegt etwas Großzügiges. Was mich betrifft, so ahne ich schon, daß ich an meinem Platz ausharren werde, höchstens mein Ekel wird zunehmen. Das lange Leben hält immer mehr Überraschungen für uns bereit – Überraschungen, mit denen wir uns selber verblüffen.

«Wir müssen unser Dasein so *weit*, als es irgend geht, annehmen»: Rilke. Kafka: «Ich muß viel allein sein. Was ich geleistet habe, ist nur ein Erfolg des Alleinseins.» Nietzsche: «Das Pathos der Distanz ...»

Welches ist das richtige Leben? Ein ewiges Geheimnis (für mich).

Gestern abend im Bett versuchte ich lange und angestrengt, mir mein Nichtsein vorzustellen. Das subjektive Nichts. Ich spürte geradezu, wie ich aus meinem Körper herausschlüpfte – doch damit war das Abenteuer auch schon zu Ende. Kaum verlasse ich die Hülle, verschwindet der Inhalt; alles hört auf. Ich bin auf Gedeih und Verderb mit meinem Körper verbunden, dieser Gemeinplatz ist manchmal fast nicht zu fassen. Es wäre ein Fehler, zu glauben, mein Leben gehöre mir. Aber es wäre ein noch größerer Fehler, dieses Leben zu vernachlässigen, es zugrunde, flötengehen zu lassen. Dieses Leben wurde mir anvertraut – ich frage nicht, von wem, da ich die Antwort kenne und auch weiß, daß die Frage falsch gestellt ist; ich kann mich nur auf mein eigenes, unleugbares Verantwortungs*gefühl* verlassen (meine einzige *Gefühls*erfahrung). Mit meinem Leben stehe ich in einer Wechselbeziehung. Diese Beziehung heißt: Ausgeliefertsein. – Soweit wäre alles in Ordnung. Doch welches Teilchen dieses gespaltenen Lebens nennt sich «Ich»?

«Ich» ist eine Fiktion, bei der wir bestenfalls Miturheber sind. «Ich ist ein anderer.» (Rimbaud)

«9. IV. 1951. ‹Weißt du, oder glaubst du nur, daß du L. W. heißt?› Ist das eine sinnvolle Frage?» (Wittgenstein: *Über Gewißheit*)

Und was habe ich am 9. April 1951 getan? Vor einundvierzigeinhalb Jahren? Ich glaube, ich habe in der MAVAG Eisen- und Maschinenfabrik gearbeitet, als ausgebooteter Intellektueller. Wußte ich oder glaubte ich nur, daß ich I. K. heiße?

Weder wußte ich es, noch glaubte ich es. Ich gehorchte einfach, wenn man mich bei diesem Namen rief.

Immer schon haßte ich meinen Namen. Bereits in meiner frühen Kindheit haftete zuviel Schmach an ihm.

Um genau zu sein: Ich glaube, ich habe mich vor meinem Namen gefürchtet. Ein bißchen tue ich es noch heute.

Höre ich meinen Namen oder sehe ich ihn geschrieben, fühle ich mich gewissermaßen aus dem friedlichen Versteck meiner Anonymität herausgerissen – identifizieren jedoch werde ich mich nie mit ihm.

(Tolstoi berauschte sich angeblich schon im Flegelalter an seinem eigenen Namen, wie ein junger Hund.)

Ich bin nach Wien gekommen, als wollte ich vor meinem Leben flüchten. Und ich übersetze Wittgenstein *(Vermischte Bemerkungen)*, als wollte ich vor meinen Aufgaben flüchten.

Milder Winter 1992. Spaziergänge in der frühen Dämmerung. Der Belvedere-Park. Die Umgebung der Karlskirche, die Argentinierstraße, mit deren *Namen* sich ein silbriges Klingelgeräusch verbindet. Die wohlproportionierten Palais, ein in einer Toreinfahrt verstecktes geheimnisvolles Geschäft, wo indonesischer Schmuck, krumme Säbel, exotische Nippes verkauft werden. Vor Sonnenuntergang (hier kommen mir so archaische Wörter wie zum Beispiel «Vesper» in den Sinn), zur Vesperstunde also (wann ist denn Vesperstunde?), schaue ich noch rasch in den Garten des Palais Schaumburg, auf den mein Fenster geht. Der herbe Duft der Luft, die spärlichen Passanten, die Farben des abendlichen Zwielichts, die Einsamkeit, der leichte Rauchgeruch – alles, alles erinnert an die langen, gramvollen, traumartigen Nachmittage meiner Kindheit.

Wo ist die Stadt, die die Stille, die Altertümlichkeit dieses Wiener Abends wie eine Metapher in mir ... heraufbeschwört?

Ich glaube, ich wollte schon immer so leben: in einer angenehmen Mietwohnung (die nicht mir gehört), zwischen freundlichen Möbeln (die nicht mir gehören), heimatlos, unabhängig, mit dem beschäftigt, was sich ergibt (zur Zeit die Wittgenstein-Übersetzung), ohne schwerwiegende Brotsorgen, an einem fremden Ort, wo mich Erinnerungen an vertraute, vielleicht nie gewesene Ereignisse heimsuchen ...

Wittgenstein. In Wien stoße ich auf keinerlei Spuren von ihm. Bei Wittgenstein jedoch stoße ich überall auf Wien. Bis zur Perversion gesteigerte Genauigkeit; jüdischer Selbsthaß (hier kann man auf bestem und höchstem Niveau studieren, wie der Antisemitismus entsteht und funktioniert); generell unsichere Selbsteinschätzung als verhängnisvolle Folge der väterlichen und staatlichen Stiefelsohle, wobei diese Unsicherheit an einem

bestimmten Punkt der Verfallskurve unerwartet

fruchtbar und produktiv wird – das Denken als Versuch, die Oberhand zu gewinnen, das Denken als Rache, als letzter, rückwärtsgewandter Blick eines Flüchtigen, verächtlich und luzid.

Mahler sei ein schlechter Komponist. Während ich diesen Blödsinn übersetze, lege ich die Sechste Symphonie auf. Thomas Bernhard hat in einem Interview gesagt, Ludwig Wittgenstein sei – im Unterschied zu seinem Neffen Paul – «unmusikalisch» gewesen. Aber nicht darum geht es. «Eines ist, in Gedanken säen, eines, in Gedanken ernten», übersetze ich aus den *Vermischten Bemerkungen*: Nun, Wittgenstein war nicht bereit, Mahlers Gedanken zu ernten, meiner Meinung nach darum nicht, weil Mahler Jude war. So leicht ist es, ein Werk zu verkennen. Oder: Sind Werke so fragil? Nein, sie sind noch viel fragiler. Jedes Verstehen ist Mißverstehen. Können wir also behaupten, das Mißverständnis halte die Werke am Leben? Wohl kaum.

Mein erster Wiener Traum, der eine klare, plastische Erinnerung hinterlassen hat. Ein schlechter, beklemmender, erniedrigender Traum. Vermutliche Zusammenhänge mit meiner gestrigen Abendlektüre («Der antisemitische Retter» in der Zeitschrift *Transit*), ferner mit Wittgensteins unglücklichem Verhältnis zu seinem eigenen Judentum. Heute habe ich mich bei einem symptomatischen Übersetzungsfehler ertappt: Es ist ein Widerspruch zu erwarten – schrieb ich –, ein solcher Widerspruch, wonach einer das alte ästhetische Gefühl für seinen Körper behält *und* die Beule willkommen heißt. (W. apostrophiert sein Judentum als Beule.) Der korrekte Text lautet selbstverständlich so: «Es ist ein Widerspruch zu erwarten, daß einer das alte ästhetische Gefühl für seinen Körper behalten *und* die Beule willkommen heißen wird.» Mein Übersetzungsfehler ist eine offensichtliche Freudsche Fehlleistung, die bezeugt, was ich von Wittgenstein erwartet hätte ...

Was aber erwarte ich von mir selbst? Und wie soll ich meinen Traum deuten, der die Sache nur von der Beulenseite her betrachtet?

Kaum hatte ich mich von dieser Nacht erholt, ging ich heute morgen – wie übrigens jeden Tag – spazieren, vorbei an der Gedenktafel für Moritz Schlick, die an einer Hauswand der Prinz-Eugen-Straße angebracht ist. Kein gewöhnliches Haus, ein großes Mietshaus. Die Gedenktafel hat mich schon am ersten Tag stutzig gemacht, im Zusammenhang mit Wittgenstein. Außerdem ist es seltsam, hier auf Namen zu stoßen, die in Budapest bloß abstrakte Begriffe sind. Moritz Schlick wurde von einem seiner Studenten in der Universitätsaula einfach abgeknallt. Da das damals (1936) selbst in Österreich nicht ganz den Anstandsregeln entsprach, wurde der Student zu zehn Jahren verurteilt; doch schon nach zwei Jahren, anläßlich des Anschlusses, wurde er rasch (und vermutlich dank zahlreicher Bittschriften) auf freien Fuß gesetzt. Bei der Gerichtsverhandlung nannte er als Tatgrund Schlicks «böse und schädliche» Philosophie (das heißt die Sprachkritik und den logischen

Positivismus, da diese, zusammen mit der Phänomenologie, äußerst judenverdächtige Dinge sind – zu Recht: wessen *Verdienst* ist denn die Entlarvung metaphysischen Geschwätzes, auf dem das ideologische Blabla seinen schiefen Turm erbaut?). – Ich habe keine Ahnung, warum ich mich jeden Morgen mit dieser Geschichte herumplage. Schlick wohnte an einem schönen Ort, seine Fenster gingen auf den Rosengarten des Belvedere. Nebenan wurde kürzlich ein Kellerlokal eröffnet, fremdartige Männer mit knarrendem Idiom gehen hier ein und aus, am Sockel des stolzen Gebäudes prangen verdächtige feuchte Flecken, gestern morgen mußte ich den Blick rasch von Erbrochenem abwenden. Seit 1989, das ist nun drei Jahre her, als ich zuletzt (und zum erstenmal) in Wien gelebt habe, ist die Stadt deutlich heruntergekommen. Doch warum klage ich darüber wie ein Wiener Kleinbürger? Offenbar habe ich mit Identitätsproblemen zu kämpfen; mit wem bin ich solidarisch? Käme es zur Entscheidung, würden mich die Wiener Ordnungshüter zweifellos jener Gruppe mit dem knarrenden Idiom zuordnen, die ich aber nicht mag, weil sie die westliche Kultur vollkotzt. Fragt sich freilich, ob es die westliche Kultur überhaupt noch gibt. Nur mit Moritz Schlick darf ich getrost solidarisch sein; er hat nachgedacht und wurde aus diesem Grunde erschossen, was letztlich ein angemessenes Schicksal für einen Philosophen ist.

Wittgenstein: «Das Verständnis der Musik ist eine Lebensäußerung des Menschen.»

Ich weiß nicht warum, doch verfolgt mich ein ständig wiederkehrendes Bild, das einer Cellistin des Budapester Kammerorchesters, die, wenn sie mit dem Bogen heftig über die Saiten strich, ihren Kopf so schonungslos, so brüsk zur Seite warf, so schief auf die linke Schulter senkte, als wär's ein fremder Gegenstand. Jede Note, jeder einzelne Bogenstrich schien ein Opfer von ihr zu verlangen, eine Ekstase des Körpers, die der Körper nicht aufzubringen vermochte, so daß er den Zuschauer mit dem schmerzlichen Bild ständiger Unerfülltheit quälte; zu alldem aber erklang klassische, vollkommen rationale Musik, wenn ich mich recht erinnere, Bach.

Die vielen damenhaften, feinen und hinfälligen alten Frauen in Wien. Ich reiche ihnen die Hand, helfe ihnen beim Aussteigen aus der Straßenbahn, beim Betreten des Fahrdamms. Einige bedanken sich, andere mustern mich argwöhnisch; nie jedoch so argwöhnisch, wie ich mich selbst.

Die überaus quälende Frage, mit der sich Wittgenstein fortwährend herumschlägt: ob das von ihm Zustandegebrachte etwas «wert» sei oder nicht. Das ist, als würde die Muschel den Marktwert der Perle abschätzen, während sie sie in der Tiefe des Meeres absondert; es gilt einzusehen, daß die Natur dieser Frage sich radikal von derjenigen der Muschel unterscheidet ...

Zwischen Begabung und Genialität besteht ein – mitunter unüberbrückbarer – Abgrund.

«Wenn einer nicht lügt, ist er originell genug», habe ich heute nachmittag übersetzt.

Wen überrascht es, daß die Menschen ihre Gedanken (oder, wie sie sich auszudrücken belieben, ihre «Überzeugungen») scheinbar so leicht ändern? Jede «Überzeugung» ist die Maske eines bestimmten Menschentyps, und mit welcher Überzeugung er sich auch maskiert, er bleibt doch immer der gleiche, tut doch immer das gleiche.

Es stimmt tatsächlich, worauf mich Wittgenstein gebracht hat: beim religiösen Glauben stimmt vor allem und in erster Linie der Ausgangspunkt, die Tatsache nämlich, daß die Lage des Menschen hoffnungslos ist. Ich frage mich: Kann man auch an die Hoffnungslosigkeit *glauben*? Denn mir genügt dieser Glaube; und ich bin nicht hoffnungslos.

Die nie wiederkehrenden, unwiederholbaren Morgen dieses kalten Wiener Frühlings; genieße ich sie zur Genüge, bin ich nicht zu dumm, um glücklich zu sein? Momentaufnahmen des belichtenden Gedächtnisses: auf dem Stephansplatz läuft eine Frau in Pelzmantel und auffallend hohen Stöckelschuhen lachend ihrem Freund entgegen – über unebenes, teilweise schneebedecktes Pflaster.

Ein Paar auf dem nächtlichen Schwarzenbergplatz, fröstelnd aneinandergeschmiegt, auf die Straßenbahn «D» wartend.

Der Tisch im warmen, duftenden Restaurant,

Kerzenschimmer. Der wichtigtuerische Oberkellner, der wissen möchte, wer die Wiener Symphoniker im Musikvereinssaal dirigiert habe, und der den Dirigenten mit der typisch wienerischen Boshaftigkeit des Eingeweihten heruntermacht.

Heimweg durch die dunkle Goldeggasse, etwas wankend.

Das grelle Morgenlicht in der Imbißstube der Graf-Starhemberg-Gasse. Die leichte Irrealität des Lebens, dieser lockere Humus, auf dem später die Erinnerungen wie flammender Mohn erblühen.

Die milde Melancholie der Bahnhöfe, zur Zeit der Dämmerung und der Abschiede. Noch eine abendliche Aufnahme im Schnellzug: das Profil einer Frau vor weinrotem Polster.

Am Tag danach: ein Wiener Sonntag. Vormittags Wittgenstein, mittags Spaziergang nach Hietzing. Der Hietzinger Friedhof, der gepflegte Garten, die schönen Gräber (fast hätte ich hinzugefügt: die wohlgenährten Toten). Gleich gegenüber vom Eingang das monumentale Grabmal von Dollfuß. Soviel ich weiß, war Dollfuß ein winziger Mann. Am Rózsadomb, in der feinen und exklusiven Szemlőhegy-Straße, gab es einmal einen Sommerkindergarten. Jemand – eine Frau in weißem Kittel – wusch gerade meine Haare, über einem großen Becken im Garten. Da ertönte ein Name (auf der Straße? im Garten?): Dollfuß!! Man habe ihn erschossen. Die Hand hörte auf, meinen Kopf zu reiben, in meinem Mund sammelte sich prickelnder Seifenschaum. Ich hörte folgende Worte: «Er ist verblutet. Röchelnd.» An letzteres Wort erinnere ich mich besonders, weil ich nicht genau verstand, was es bedeutete. Ich stellte mir eine dicke rote Flüssigkeit vor – das Blut eines Erwachsenen, also keineswegs jenes fröhliche, hellrote, salzige Siegeselixier, das aus mir hervorsprudelte, wenn ich mich schnitt oder hinfiel und mir das Knie «aufschlug» usw., so eine ominöse, klebrige Masse, in der sich die Zunge vergeblich zu bewegen versucht; das war für mich das Wort «Dollfuß», und im Grunde genommen verbindet sich «röcheln» in meiner Vorstellung noch heute mit diesem spezifischen Ereignis und dem Geschmack von Seifenschaum. – Aber wohin ist die Szemlőhegy-Straße entschwunden? Zwar gehe ich manchmal auf einer Szemlőhegy-Straße spazieren, doch erinnert diese nicht im entferntesten an jene *Szemlőhegy-Straße*, wo ich zwischen den scheckigen, wie Riesenschlangen sich windenden Wurzeln der alten, von merkwürdigen Eisengittern umzäunten Platanen hin und wieder Schildkröten fand, die ich dann zur Wiese am Ende der Straße trug, um sie stolz ins Gras zu setzen; hier, auf dieser Höhenwiese, war das letzte zu verteidigende Eckchen der Welt, von hier aus sah ich über den Rand der Welt hinaus, und dieses Jenseits war eine lockende, ahnungsvolle Bläue, in die sich meine Kinderaugen verloren, vernarrten, und in deren Weite ich dort, wo der Horizont zwischen dem mäandernden Wasserspiegel und dem glitzernden Himmel verschwamm, bisweilen staunend und schauernd ein zauberhaftes weißes Schiff entdeckte …

Wittgenstein-Übung: Wenn ich sage, das Wasser sei kalt, erklärt jeder sofort, es sei kalt, weil Winter sei, weil das Höhleninnere kälter als ... usw.; wenn ich aber sage, ich sei naß und friere, reicht man mir ein Handtuch – oder auch nicht: jedenfalls provoziere ich mit der Frage eine Entscheidung. (Ich denke an den Antisemitismus, das Gerede über ihn.)

Zu behaupten, man könne die Welt nicht verstehen, *bloß* weil sie unverständlich sei, ist Dilettantismus. Wir verstehen die Welt darum nicht, weil das hienieden nicht unsere Aufgabe ist.

Zuviel Denken macht entweder unglücklich oder mystisch. Wittgenstein war letzten Endes ein Mystiker, wie Kafka. Nur arbeitete er mit anderem Material: mit der Logik. Er mußte Welten zertrümmern, bis unter den Ruinen, wie ein aufblitzender Edelstein, plötzlich sein Glaube hervorschimmerte. Ich stelle ihn mir in diesem Augenblick vor, mit dem Schatz in der Hand: er sieht ihn lange an und findet keinen Namen dafür. Doch weiß er, daß ein Wunder passiert, daß er gerettet ist.

Der Schriftsteller muß sich vor allem davor hüten, geistreich zu werden, wenn er nichts mehr zu sagen hat.

Ein strahlender März. Vormittag. Harte Farben, blendendes Licht. Sonnenschein, der durch die Vorhänge des Café Prückel dringt; die Stille des Kaffeehauses; die diskret raschelnden Zeitungen, wenn eine Hand sie umblättert; die Menschen mit ihren langsamen, seltenen Bewegungen, ihrer Sicherheit und Ruhe; hinter dem Vorhang, auf dem Ring, der gleichsam lautlos dahinströmende Verkehr; die dienstfertigen, doch nie aufdringlichen Kellner; mir gegenüber ein sympathischer Mann mit offenem, porzellanfarbenem Gesicht: ein Literat; klug, geistreich, unterhaltsam; die Greuel, die apokalyptischen Phänomene, von denen wir sprechen und die in der sanften Kaffeehausstille zu einer bedrohlichen Vision in uns anwachsen. Wir sind uns einig, daß eine unheimliche Entwicklung ihre Schatten vorauswirft. Die Vorzeichen des Grauens sind überall und in allem erkennbar. Die rationale Sprache vermag diese Symptome nicht annähernd zu fassen. Man muß zur alten Sprache greifen, zur Bibel, die von Satan weiß und das Weltende kennt. So faseln wir, listig, bequem, während am Rande meiner Aufmerksamkeit der funkelnde Himmel, der nahe Frühling und mein süßes Freiheitsgefühl einen glücklichen Reigen tanzen.

Später (am Nachmittag): urheberrechtliche Probleme im Zusammenhang mit Wittgenstein (der Verlag, für den ich übersetze, hat es versäumt, die Rechte einzuholen; der, der sie besitzt, hat inzwischen jemand anderen mit der Übersetzung betraut). Plötzlich erscheinen Ursache und Anlaß meines Wiener Aufenthalts in Frage gestellt. Vielleicht muß ich vorzeitig nach Hause; bei diesem Gedanken erfaßt mich überraschend eine fast physischen Schmerz verursachende Panik und mir kommt, wie eine Vision, dieses Gemälde in den Sinn: der verlorene Sohn, seine nackten Füße, das Bündel, der spindeldürre Hund, die zusammengefallene Hütte, kurz: mein zurückgelassenes Heim.

Vergiß nicht den Traum, der dich wiedergeboren hat.

Vergiß nicht deine Eltern.

Vergiß nicht, daß du im tiefen Traum das von ihnen empfangene Leben angenommen hast.

Vergiß nicht das Versprechen, das dieses Leben birgt.

Vergiß nicht, daß dieses Versprechen an Bedingungen geknüpft ist, ja daß du die Einlösung dieses Versprechens einzig in der Erfüllung seiner Bedingungen suchen mußt.

Du verlangst doch nicht etwa eine Zugabe?

Hitze in Budapest. Gestern abend in der Straßenbahn der Hund, ein semmelfarbener Dackel. Verzagt kauerte er unter dem Sitz, zu Füßen seines Herrchens. Seine gramerfüllten schwarzen Augen schlossen sich ganz langsam. Über seine ergraute Schnauze liefen zwei Tränen. Das Schlagen der Tür schreckte ihn auf, er erhob sich schwerfällig, doch herrschte man ihn an: Sitz! und drückte seinen Schwanz hinunter. Zwinkernd, apathisch gehorchte er. Die totale Vergeblichkeit des Seins sprach aus jedem seiner Züge, zugleich aber die unfreiwillige Geduld einer Verzauberung – als hätte er etwas anderes zu tun, anderswo, in anderer Gestalt, in einer andern Zeit, in einem andern

Raum, und als würde er sich mit diesem schrecklichen Irrtum nur abfinden, weil er völlig mürbe gemacht worden war …

Manchmal taucht in mir die (unbeantwortbare) Frage auf: Wer, was bin ich, und welches ist meine besondere Geschichte? Gestern hat mir J., jetzt bei einem neuen Verlag tätig, erzählt, wie ich 1988, vor vier Jahren, zum Artisjus-Stipendium gekommen sei. Auch er sei in der Jury gewesen. Damals hätten sie schon alle im Turnhallengestank des Spätkadarismus die frische Luft der Wende gewittert. Gelangweilt hätten sie in der Namensliste der ewig gleichen Stipendiatsbewerber gestochert, als jemand – J. behauptet, er erinnere sich nicht mehr, wer – plötzlich meinen Namen «aufs Tapet gebracht» habe. Es sei still geworden, alle hätten versucht, vom Gesicht des andern abzulesen, ob es statthaft sei, so zu provozieren … doch wodurch eigentlich? Außer meinen zwei Büchern *Roman eines Schicksallosen* und *Fiasko* belastete schließlich nichts mein Sündenregister. Es sei denn die Anzeigen der Szigligeter Denunzianten, meinen Abscheu vor dem Regime betreffend. Doch war dieser bloß platonisch gewesen, an einer Widerstandsbewegung hatte ich nie teilgenommen, mein Abscheu vor aktivem Widerstand rivalisierte mit dem vor dem Regime. Ich lebte wie ein Hund, an meinen einsamen Wahnglauben gekettet, und heulte höchstens manchmal den Mond an. Ich meinte, niemand lese meine Sachen, niemand wisse von mir. Sie aber wußten alles ganz genau, und die kafkaesken Notare führten Buch über mein Schicksal. Wie eine meiner Romanfiguren sagt: «Wozu ihn töten? Er geht auch von selbst zugrunde.» So dachten sie. Meine Person, meine Lebensweise und das daraus resultierende Werk waren ihnen so selbstverständlich unannehmbar, daß stillschweigender Konsens herrschte, ohne daß man mich hätte verurteilen müssen. Ich beobachte mich, während ich J. zuhöre, und verabscheue, was in mir vorgeht. Man sollte diese Gefühle nicht analysieren, der Taumel negativer Genugtuung eint alle bitteren Freuden. Ich bin das unverbesserliche Kind von Diktaturen, meine Besonderheit ist das Gebrandmarktsein. Es ist meine unerklärlichste, zugleich aber wahrhaftigste Erfahrung auf Erden, unter den Menschen. Dabei glaube ich keinen Moment, ich sei daran unschuldig. Offen gestanden kenne ich es seit meiner frühen Kindheit. Unter vier Augen liebten sie mich, in der Öffentlichkeit verrieten sie mich, und wenn es galt, eine Figur auf dem Schachbrett zu eliminieren, ließen sie mich eilig fallen. Anscheinend löste *ich* diese ambivalenten Gefühle aus, und vielleicht war in mir tatsächlich eine Art Unschuld – oder sagen wir lieber Naivität –, die meine Rolle in der Gesellschaft determinierte. Das Gift der Subalternität hätte mich ohne weiteres umbringen können, doch das geheimnisvolle Laboratorium meines Seelenhaushalts machte daraus die stärkste Würze meines Lebens. Mein Gebrandmarktsein ist meine Krankheit, zugleich aber der Garant, das Dopingmittel meiner Vitalität, daraus beziehe ich meine Inspiration, wenn ich jäh und mit einem verrückten Aufschrei, als hätte ich einen Anfall erlitten, vom Sein zum Schreiben überwechsle. Das Gebrandmarktsein ist mein Elend und mein Kapital, doch steht jetzt zu befürchten, daß ich es immer schwerer ertrage, obwohl ich es kaum missen mag. Fragt sich, ob ich zu einem normalen Leben überhaupt noch fähig bin. Vermutlich werde ich diese Frage nie klar und eindeutig beantworten können, jedenfalls nicht, solange ich da lebe, wo ich lebe und wo mein Gebrandmarktsein kein Ende hat, weil es mir wahrscheinlich längst in Fleisch und Blut übergegangen ist.

In meinem heißen Zimmer lese ich Márai: *Was nicht im Tagebuch steht.* Ein interessantes Buch, voll vom wirren Ressentiment der Nachkriegszeit (das im *Tagebuch* tatsächlich fehlt). Den Juden rät es zum Christentum. Dieser Vorschlag ist schon darum inakzeptabel, weil es auch unter den Christen – sehe ich mich da genauer um – nur sehr wenige Christen gibt.

Gegen Abend: ungeduldiger Tatendrang, beflügelnder Wortandrang, grimmiges Glücksgefühl. Ich habe oft geschwollene Beine, oft Schwindel. Mir gefällt, wie sich mein Leben langsam abbaut.

Gestern sah ich die fahrenden Ritter unserer Zeit. Nacht, ich saß mit Albina im Auto von Z., wir kamen aus Miskolc zurück. Beim Pester Brückenkopf der Árpád-Brücke, inmitten unbeweglicher Staubwolken, die sich im bläulichen, irrlichternden Schein der Straßenlampen zum Nebel ballten, blieben wir vor einer Verkehrsampel hängen. Die Straße war stickig und verlassen. Da fiel uns die Horde auf, Nibelungen, die aus der Unterführung auftauchten, acht bis zehn schwerfällige, sich seltsam bewegende Gestalten in khakifarbener Kleidung, mit glattrasiertem Schädel, in der Hand des einen ein langer Holzknüppel (vielleicht der berühmte Baseballschläger). In stummem Gänsemarsch trotteten sie durch das jenseitige, neblige Licht, eine traurige, blutrünstige Gruppe mit geröteten Augen, die – wer weiß, was für Dünste ausströmend – Jagd auf Menschenfleisch machte. In ihren tarnfarbenen Hosen sahen sie wie gefleckte Hyänen aus, die mit trägem, doch ausdauerndem Haß nach einem Opfer suchen – ohne Gier, eher aus Langeweile, aus Gewohnheit, aus natürlichem Widerwillen gegen fremdes Leben. Ich gestehe: Mit eisiger Angst wartete ich darauf, daß die Ampel auf Grün geschaltet wird, bevor die Razziabande einen Blick ins Auto wirft und an mir das verhängnisvolle, untilgbare Zeichen entdeckt. Diese Menschengestalten verkörperten für mich den reinen Höllenspuk, das «wüste Land», wo nicht mehr geredet, nur gemordet wird, wo die Leichen gefleddert und am Straßenrand liegengelassen werden. Als wäre mir das nackte Naturgesetz erschienen, ein Naturgesetz ohne Schöpfung und Geburt; und ich dachte, da müsse sich ein furchtbarer Fehler in die Rechnung eingeschlichen haben, obwohl ich nicht zu sagen wüßte, welcher.

Wie ich den erschreckenden Verfall dieses Landes, seine selbstmörderische Paranoia beobachte, erlebe. Wie ich mich durch die Nationalmannschaft des Hasses und durch meine eigenen Erinnerungen täglich von ihm entfremde. Wie meine Gleichgültigkeit ihm gegenüber zunimmt. Wie ich langsam versuche, mich von ihm zu lösen. Die Sprache – sie ist das einzige, das mich mit ihm verbindet. Eigenartig. Diese fremde Sprache, meine Muttersprache, die mir meine Mörder verstehen hilft. In letzter Zeit heißt es häufig, ich hätte mich «verändert». Zu meinem Vorteil? Zu meinem Nachteil? Ich denke, eher zu meinem Vorteil, obwohl man mir das zu verübeln scheint. V. warf mir neulich an den Kopf, ich hätte «meine Tiefe verloren», redete nur noch von urheberrechtlichen Fragen und von materiellen Dingen. Wie denn das? Sollten das Sklaventum und der Diktatur-Infantilismus meine «Tiefe» erzeugt haben? Die Tatsache, daß ich vierzig Jahre lang gegen meine Natur, überhaupt gegen *die* Natur gelebt habe? Das ist nicht ausgeschlossen … Ich stelle meine Veränderung selber fest, allerdings anders. Ich grenze mich deutlicher von meiner Umgebung ab, scheine mich von ihr abzuheben, und obwohl ich mich starr an sie anklammere, versinke ich mit ihr nicht in den Tiefen der Depression, wie bisher; das aber wird bereits als Provokation empfunden, ja als Mangel an Solidarität, als Verrat. Und wenn irgendwo das winzige, blinkende Flämmchen einer möglichen Chance für mich aufleuchtet, wird das auch schon als Unglücksbotschaft, als Beginn meines Untergangs gedeutet. Es ist dies ein besonderer Moment, eine besondere Station, bevor die Wege auseinanderlaufen, und falls ich die Anstrengung nicht scheue, kann ich einige mystische Details wie bunte Blumen am Wegrand pflücken und hier zu einem Strauß zusammenbinden. Vor allem zeitliche Koinzidenzen: Das *Galeerentagebuch* entstand und erschien zur selben Zeit, als die Veränderung einer begrenzten Lebensform (meiner) mit einer umfassenderen Wende (der des Landes) zusammenfiel. Ich weiß, daß diese Koinzidenz nicht besonders für mich spricht: Während im großen Weltstudio der Schleier fällt und eine Ruinenlandschaft enthüllt, bekommt im hintersten Winkel ein aus den Ruinen geborgenes Gebäude (vielleicht baufällig und bei weitem nicht perfekt) ein neues Dach; eine solche Kreativität – ich weiß und fühle es – ist unentschuldbar. Ich würde schon gern weitergehen, doch etwas in mir zittert, eine unüberwindliche Nostalgie. Ich bange um meine Einsamkeit, um die vertrauten Stunden der Lektüre und der Kasteiung, um die verborgene Energiequelle des Alleinseins, um diese alte, mir zur zweiten Haut gewordene, gewissermaßen trotzige Lebensform, um die Art, wie ich mich ständig den zerstörerischen Kräften entgegenstellte, hart auf hart, wie eine Pfeilspitze auf dem Bogen … Das war ein großes Abenteuer, eine Freude, die ich mit vorsätzlicher Freudlosigkeit erlebte, und nun blicke ich darauf zurück wie ein Greis auf seine Jugend.

Ende Oktober in Leverkühns Feldafing – ich blättere im *Doktor Faustus,* und natürlich heißt Leverkühns Dorf nicht Feldafing, sondern Pfeiffering.

Egal.

Ich wohne jetzt seit drei Monaten hier, über dem Starnberger See. Fahre weg und kehre wieder zurück, wie ein rechtmäßiger Mieter; wenn ich spätabends, im Dunkeln, heimkomme, finde ich die Schleichwege, wie ein nächtliches Tier die Wechsel.

Flüchtige Eindrücke aus Frankfurt. Die Buchmesse: Ich kriege einen Messestempel auf meine zu Markte getragene Haut gedrückt; von meinen eigenen Lesungen bekomme ich selber kaum etwas mit, warte nur immer, daß die Hülle fällt (habe aber keine Ahnung, die Hülle wovon); angenehme Absurditäten. Der Taxichauffeur, der mich zum Bahnhof fährt; sein vielversprechendes, vornehm-exotisches Profil, das jedoch von innerem Verfall bedroht ist – ob Zähne oder Lebensweise, es geht um eine allgemeine Vernachlässigung. In einem Pidgin-Deutsch beklagt er sich über die zunehmende Fremdenfeindlichkeit der Deutschen. Plötzlich kurbelt er die Scheibe herunter und ruft seinem Kollegen zu, der am Taxistand dahindöst: «Hallo, General!», dann erzählt er mir lachend, sein Kollege sei General in Sadats Armee gewesen, bevor er in Frankfurt Taxichauffeur geworden sei (vermutlich ist mein exotischer Chauffeur selber auch Ägypter). Er redet viel, und wie jeder geschädigte Angehörige einer geschädigten Nation beginnt er gleich zu politisieren, das heißt, auf die Juden zu schimpfen. Ich schweige wie ein gleichgültiger Passagier, der zum Bahnhof muß und das Ziel nicht mit dem dazugehörigen Mittel verwechselt. Ich gebe ihm ein großzügiges Trinkgeld, verheimliche aber, daß es von einem Juden stammt. – Berlin, die wechselvolle Vereinigung der geteilten Stadt. Überhaupt verblüfft, daß die Vereinigung gar nicht erwünscht ist. Eine antikreative Erfahrung. Sie löst Wut aus, ohnmächtige Gereiztheit in Anbetracht der plötzlichen Raumausdehnung, der wachsenden Möglichkeiten, vor allem aber der drängenden, unaufschiebbaren Aufgaben. Ängstlich horcht das altersschwache Europa auf: Es hat sein seit Jahrzehnten verfolgtes angebliches Ziel erreicht, ist jetzt aber äußerst erpicht, alles abzuwehren, was ihm Taten abverlangen, was zum Nachdenken, zur Erneuerung, zur Kreativität anregen könnte. Das bärtige Europa gleicht einem alten Geizkragen, der dem Mädchen, das ihn bei der Damenwahl zum Tanz auffordert, einen Stockhieb versetzt, da er nur eines mutmaßt: man wolle sein Geld. In solcher Kleinkariertheit steckt die Vorahnung drohender Sklerose und des eigenen Endes. – Lesung in der «Jüdischen Gemeinde»: Als die Organisatorin des Abends, eine untersetzte, etwas fahrige Frau, vor mich tritt, habe ich plötzlich den Eindruck, dieses Gesicht sei mir schon lange von Budapest her bekannt, doch stellt sich heraus, daß sie aus England, aus London stammt. Ich muß endlich zugeben, was ich bislang nur ungern zugeben mochte, daß *Jude* nicht bloß ein abstrakter Begriff ist (obwohl auch das), sondern Rasse und Typus, kurz: Wenn auch nicht jeder Jude Jude ist, wie Schönberg sagt, so kommt doch kein einziger Jude um die Tatsache herum, daß er Jude ist (meine eigene Erfahrung). (Man muß sich heute nur mal die Gesichter jener Budapester Intellektuellen ansehen, die vierzig Jahre lang glaubten, sie würden nie mehr mit dem Faktum ihres Judentums konfrontiert, bloß weil in der Kádár-Gesellschaft, diesem Abschaum, das Wort, die Erinnerung, die Trauer und die Wahrheit als Tabus galten – ja, man muß sich nur mal diese schmerzlich überraschten, diese verstörten und ratlosen, manchmal zornigen Gesichter ansehen, muß sich ihre überraschten, verstörten, ratlosen, manchmal zornigen Worte anhören – über ihre törichte Nostalgie nach der Epoche des Schweigens oder über ihr neu erwachtes jüdisches Selbstbewußtsein. Daneben gibt es aber auch solche, die wegen ihrer plötzlich problematisch gewordenen Abstammung in Raserei geraten, Juden, die in ihrer hilflosen Qual zu antisemitischen Publizisten, zu den Leitschakalen der heruntergekommenen Intelligenz geworden sind und die nun das verödete ungarische Geistesleben vollheulen und -schreien ...) – Wien: Im Hotel treffe ich mich mit Albina, die aus Budapest angereist ist; abends mein Améry-Vortrag an der Universität – mir bangte ein wenig, der Titel («Der

Holocaust als Kultur») könnte provokativ klingen, aber es gab keine negativen Reaktionen, im Gegenteil ... Beim Abendessen sehe ich auf Albinas Gesicht den glücklichen Abglanz dessen, was sie meinen «Erfolg» nennt; zwei Tage später, an einem milden, klaren Herbstmorgen, lade ich am Bahnhof mein Gepäck hastig auf ein Wägelchen und eile, da die Zeit drängt, zum Münchner Zug, als ich bei der Perrontür den Taxichauffeur erblicke, der mich zum Bahnhof gebracht hat; keuchend hält er Ausschau, bemerkt mich und reicht mir mit den Worten: «*Das können Sie vielleicht noch brauchen ...*»* meine Brieftasche mit sämtlichen Ausweisen und allem Geld, die ich offensichtlich auf den Wagensitz gelegt und dort liegengelassen hatte und die ich jetzt so selbstverständlich, mit leichtem, dankbarem Händedruck entgegennahm, als wäre es das Natürlichste der Welt, daß großstädtische Taxichauffeure den Fremden ihre liegengebliebenen Brieftaschen im Eilschritt zurückbringen; wie ich nun mit meinem Gepäckwägelchen zum Zug hetzte, verdichtete sich das Phantastische der letzten Tage und Wochen zu einer Art flüchtigen Morgenandacht in mir, zu einem heftigen, bislang kaum gekannten Identitätsgefühl, das sich mit dem Transitorischen der Bahnhofsatmosphäre, mit dem hellblauen Herbstmorgen, mit dem allgemeinen Stimmengewirr, mit den herumrennenden oder -stehenden Gestalten, mit meinem eigenen Sein und allem, was mir geschah und noch gesche-

* Im Original deutsch

hen mag, zu einer kurzen, feierlichen Harmonie verband – selbst mit dem Tod, diesem wilden Abenteuer, dessen Gedanke mich ständig begleitet und dessen dunkles Licht von Zeit zu Zeit an meinem Horizont aufblitzt ... Erst als ich den Zug bestieg, fiel mir ein, daß ich in meinem Taumel vergessen hatte, dem Taxichauffeur ein Trinkgeld zu geben, und freudlos ließ ich mich durch dieses Versäumnis in die Welt der widerwärtigen Tatsachen zurückstoßen.

Vielleicht halten wir das Leben nur aus, weil es so unwahrscheinlich ist; andererseits rührt das Denken ständig an die sogenannte Wirklichkeit, sehnt sich nach Wirklichkeit.

«Ich bin heute so klarsichtig, als ob ich nicht existierte»: Pessoa, *Das Buch der Unruhe*.

Nebel. Die fernen Alpen, die mal wie weiße Ungeheuer auftauchen, mal in der braunen Luft verschwinden.

Ich kann nur schreiben unter der Voraussetzung geistiger Intaktheit (womit ich sagen will, daß das Schreiben immer schwieriger wird).

In Feldafing schreibe ich nicht. Ich arbeite nicht, weiß auch nicht, ob ich je wieder arbeiten werde, weiß nicht, wie man arbeitet, ob der *Kaddisch*-Roman, aus dem ich deutsch überall unentwegt vorlese, wirklich von mir stammt, und wenn ja, wie ich das gemacht habe – das Schreiben ist mir abhanden gekommen.

Wißt ihr, daß Lenin die Nachtigallen mit Steinen verscheuchte? So war es, ich habe es im Fernsehen, im Film eines jungen russischen Regisseurs gesehen. Dokumentarfotos von Lenin, sein versteinertes Gesicht nach dem Schlaganfall. Sie hatten ihn irgendwo auf die Krim gebracht, an die Sonne, in den Frühling, damit er sich wohl fühle. Doch die Nachtigallen rissen ihn im Morgengrauen regelmäßig aus dem Schlaf. Und so lief er einmal in den Garten, um die Nachtigallen zu verjagen. Er sammelte Steine und warf mit ihnen nach den Vögeln. Plötzlich spürte er, daß er weder die Steine noch den Arm hochheben konnte: er war gelähmt. Das war die elegante, hauchzarte, doch eisern konsequente Rache der Nachtigallen am großen Revolutionär, der ihren Gesang nicht ausstehen konnte. Künstlerrache.

Die hohen, kerzengeraden Tannen im Garten der Feldafinger Villa Waldberta tragen auf ihrem Stamm große, frische, leuchtendweiße zweistellige Zahlen. Als M. diese numerierten Bäume nachts, im gleißenden Licht der Autoscheinwerfer, zum erstenmal sah, machten sie, wie zu erwarten, einen erschütternden Eindruck auf sie.

Unsere «Flucht» nach Verona. Auf der Rückfahrt die in ihrem Garten werkelnde alte Italienerin, die uns den Weg zu erklären versuchte. «Capito?» Wir frühstücken wieder im bleigrauen Starnberg, die Alpen sind nicht zu sehen, der See und die Luft grau, mit den weißen Tupfen der Schwäne. Wir verfehlen den Weg zum Münchner Flughafen, von wo aus ich mit der S-Bahn zurückfahren wollte; in Salzburg nehmen wir bei einer Tankstelle Abschied, ich winke, das Auto verschwindet rasch auf der Ausfallstraße, M. eilt zurück nach Budapest, ich nach Hause, nach Feldafing. Im Zug nach München eine Sonderprozedur: drei deutsche Zollbeamte verlangen von einem Reisenden, der, wie ich zu verstehen meinte, polnisch spricht, er solle seine Taschen auspacken. Sie durchwühlen alles, beugen sich zu ihm, flüstern; die Szene spielt sich ohne eine einzige auffällige Bewegung, ohne einen lauten Ton ab. Selbst ich, der ich in Sachen Zollkontrolle etliche Erfahrung besitze, vermag dem Geschehen nicht zu folgen. Das ist diskrete, leise, zuvorkommende und tadellose professionelle Arbeit.

In Feldafing elendes Gefühl des Verwaistseins. Nebel. Nutzloser Kampf mit Feder, Papier und mir selbst.

Spaziergang in München. Ich suche das berühmte Schwabing. Finde es nicht. Beziehungsweise was ich finde, ist nicht das Erwartete. Düstere Straßen. München im Spätherbst, bei strömendem Regen, ist ein ziemlich düsterer Ort. Deutschland ist seit dem Gottesgericht vollkommen verwüstet. Diese Städte, diese Straßen, all das Wiederaufgebaute und Neugebaute sind bloß die vernarbte Oberfläche einer riesigen Wunde. Niemand weiß es, alle finden es schön.

Einladung zu einer Lesung nach Leipzig, bei winterlichem Regen komme ich in der schwarzen, allseits verwitterten Stadt an; ich bin im Gästehaus des Bürgermeisters untergebracht, es ist Mittag, ich möchte Mittag essen, gehe von meinem Zimmer im ersten Stock aus den Flur entlang, dann die Treppe hinunter in den Speisesaal, verlange die Speisekarte, der Kellner quittiert meine Bitte mit einem Lächeln, das mir irgendwie bekannt vorkommt. Mit diesem Lächeln setzt er sich über meinen Wunsch hinweg, fragt, was ich denn essen wolle, ich sage, gegrilltes Steak mit Salat, davor, wenn möglich, Suppe, dazu Wein. Ich bekomme das Gewünschte, alles schmeckt vorzüglich, und als ich nach dem Essen zahlen will, läßt mich der Kellner mit demselben, mir irgendwie bekannten Lächeln wissen, es sei schon alles beglichen; in dem Moment geht mir auf, daß ich mich in einer Gespensterstadt befinde, wo noch die vor drei Jahren verabschiedete Vergangenheit herumspukt und wo ich vielleicht zum letztenmal einen für privilegierte Kader eingerichteten privilegierten Betrieb in Funktion erlebe; wie immer er heißen mochte oder heißt, das Personal ist bestimmt das gleiche geblieben. Ich lege fünf Mark Trinkgeld auf den Tisch und gehe verblüfft in mein Zimmer hoch, bald wird man mich zu einer Stadtbesichtigung abholen. Rasch werfe ich einen Blick durchs Fenster, schwarzer Regen ergießt sich auf die schwarzen Häuser, der Garten meines Logis, des Bürgermeisterhauses, ist aufgegraben und voll Erdhaufen, ich sehe die Bretter, auf denen wir vorhin über den Schlamm ins Haus gegangen sind. Dann kontrolliere ich, ob ich alle drei Schlüssel bei mir habe: den Torschlüssel, den Hausschlüssel, den Zimmerschlüssel – abends geht das Personal nach Hause, die Villa ist unbeaufsichtigt, doch läßt man mich im voraus wissen, ich könne die bereitgestellten Getränke nach Belieben hinauf ins Zimmer nehmen – und eile in die Halle hinunter. Mein Begleiter ist pünktlich auf die Minute, wir besichtigen die Stadt, die genauso schwarz, naß und unfreundlich ist wie ein paar Stunden zuvor, nur in der Innenstadt stoßen wir völlig unerwartet auf eine Passage, die zu einer westlichen Fußgängerzone passen würde und deren verschwenderische Beleuchtung das dämmerige Dunkel der Stadt noch dunkler erscheinen läßt. Wir besichtigen die Thomaskirche, Auerbachs Keller, ja selbst den Bahnhof, in dem bald schon ein buntes Gewühl wie in Frankfurt, München oder sonstwo herrschen dürfte, dessen zugige, menschenleere Halle vorläufig aber öde vor sich hin dämmert. Tatsächlich kommt Wind auf, eisiger Wind, und da ich vor der Lesung noch eine halbe Stunde schlafen möchte, schlägt mein Begleiter vor, daß wir ein Taxi nehmen, was wir auch tun, ich höre, wie er dem Taxichauffeur die Adresse meiner Unterkunft nennt: Wächterstraße soundso, ich steige aus, er fährt weiter, um mich später zu vereinbarter Stunde abzuholen und zum Veranstaltungsort zu bringen. Ich winke, suche im Dunkel nach dem Schlüsselloch, versuche das Gartentor aufzuschließen, doch das Schloß gibt nicht nach. Ich probiere auch die andern Schlüssel aus – vergeblich. Da erblicke ich eine Klingel, läute. Eine Stimme ertönt aus der Gegensprechanlage, ich sage: «Ich kann das Tor nicht öffnen.» – «Was für ein Tor?» fragt die Stimme. «Das Gartentor», sage ich. «Warum wollen Sie das Gartentor öffnen?» – «Um hineinzugehen, ich wohne hier», sage ich. «Hier? Wo?» Die Stimme wird immer unangenehmer. «Im Gästehaus des Bürgermeisters», sage ich. «Mag sein, doch das hier ist das Amerika-Haus.» Die Stimme ist jetzt schon ausgesprochen unfreundlich, dann knackt es im Apparat und das Gespräch ist zu Ende. Ich stehe auf der Straße, es ist dunkel, gießt in Strömen, der Wind bläst immer stärker und kälter, ich habe keine Ahnung, was los ist, offenbar hat mich der Taxichauffeur falsch abgesetzt, an der Häuserecke, wo ich mich befinde, entdecke ich kein Straßenschild, es gibt weit und breit keine Telefonzelle, kein Café, kein Geschäft, kein Restaurant, etwa zehn Minuten irre ich, Ausschau haltend und suchend, umher; in der Zwischenzeit ist kein einziges Taxi aufgetaucht, das mich zu meiner Unterkunft, deren Adresse ich immer wieder vor mich hin murmle, hätte bringen können. Die Straße ist breit, menschenleer und schlecht beleuchtet, auf meiner Seite schlummern hinter stummen Gärten stumm hingekauerte Villen, auf der gegenüberliegenden Seite ragt die dunkle Rückwand eines scheußlichen öffentlichen Gebäudes empor – Museum, Universität oder Gefängnis –, aus keinem einzigen Fenster dringt Licht, nachgerade schadenfroh, um mich noch deutlicher fühlen zu lassen, wie ausgeschlossen ich in dieser düsteren, nunmehr offen feindlichen Stadt bin, die mich mit der Indifferenz eines hungrigen Tiers zu packen und zu verschlingen droht. Endlich taucht ein junger Mann auf, eilig, mit hochgezogenem Kapuzenkragen, ich frage ihn, wo die Wächterstraße sei, er weiß es nicht, ich frage, wie diese Straße hier heiße, er weiß es nicht, wie das denn möglich sei, frage ich, er käme doch diese Straße entlang, er sagt, er gehe täglich diese Straße entlang und wisse doch nicht, wie sie heiße, dann eilt er schulterzuckend davon; ich stehe einige Minuten unschlüssig da, als sich aus dem Dunkel die schwankende Gestalt einer Frau mit Regenschirm nähert, sie weiß, daß wir uns in der Wächterstraße befinden, das Haus sei nicht dort, wo ich es suchte, meint sie, sondern hinter mir; ich drehe mich um, überquere die Straße – da ist es, das Gästehaus des Bürgermeisters! Ich war nur dreißig Meter davon entfernt, hatte aber in der falschen Richtung gesucht. Der Schlüssel dreht sich im Gartentorschloß, ich atme auf, gehe über die vertrauten lieben Bretter, die Portiersloge ist leer, das Haus dunkel, ich betrete es, drücke auf den Lichtknopf, keine Seele, ich eile in mein Zimmer hinauf, entkleide mich, lege mich hin, um ein Nickerchen zu machen – in diesem Augenblick ertönt ein Lärmgeräusch, dann entsetzliches Geschrei. Die Stimme kommt ohne Zweifel aus dem Haus, eine furchterregende Männerstimme, die auf deutsch droht und fordert, wohl beides zugleich, in einer endlosen Tirade. Wieder fühle ich meine Einsamkeit, das Personal ist weg, ein Telefon gibt es zwar, doch die Nummer der Polizei zum Beispiel weiß ich nicht, Telefonbuch und sonstige Informationen fehlen, zur Sicherheit schließe ich meine Zimmertür ab. Die Stimme wird immer furchterregender, nach kurzer Überlegung schleiche ich auf Zehenspitzen aus meinem Zimmer. Vom Flur aus sehe ich ins Eßzimmer, doch der kaum erhellte Raum ist leer, die Stimme kommt von anderswoher, auf Zehenspitzen gehe ich weiter, erreiche ein Geländer, von hier aus sehe ich, einen Stock tiefer, den Fuß einer Treppe, eine Hintertür und im winzigen Raum dazwischen einen untersetzten, fast kahlköpfigen Mann in Weste: Besitzer der furchterregenden Stimme. Wie ein Tobsüchtiger flucht er aus Leibeskräften, windet sich hin und her, und als hätte er meine Stimme gehört, wendet er plötzlich sein bebrilltes Gesicht forschend nach oben und schreit wie der blinde Polyphem in zornerfülltem Schmerz: «*Komm, komm! Komm runter, du Gauner, komm mal, los, komm!*»* Entsetzt fliehe ich in mein Zimmer. Was soll das? Wer ist das? Was soll ich tun? Bald kommt man mich abholen, beginnt die Lesung; ich kleide mich für alle Fälle an. Seit ein paar Minuten ist die Stimme verstummt. Ich warte noch ein wenig, dann verlasse ich entschlossen mein Zimmer; das Haus ist still und leer; ich gehe die Treppe hinunter bis zur Eingangstür – nichts. Jetzt folgt der heikelste Moment, der mein Ausgeliefertsein unerträglich steigert: Während ich mich mit dem verschlossenen Haustor herumplage, das ich von innen öffnen muß, ist mein Rücken ungeschützt, dahinter gähnt

* Im Original deutsch

der Raum. Endlich bin ich draußen. Ich atme auf, es regnet nicht mehr, dafür aber bläst ein stürmischer Wind, die Bretter sind vereist. Glücklich erreiche ich das Gartentor, im selben Augenblick hält ein Auto an: man holt mich ab. Erleichtert setze ich mich neben meinen Begleiter und dessen Frau und erzähle ihnen aufgeregt, in miserablem Deutsch von meinen Abenteuern; sie stellen einige Zwischenfragen, aber ich merke, daß sie meine Geschichte gelinde gesagt für eine Übertreibung halten. Wir gelangen zu einem zauberhaften Schloß, dem Gohliser Schlößchen, wo ich lesen soll, eine zauberhafte Dame begrüßt mich, auffallend liebenswürdig, äußerst vornehm und stilvoll, sie läßt mich wissen, daß es vor der Lesung etwas Musik geben werde und daß man eigentlich mit mehr Publikum gerechnet habe, doch halte leider gerade heute abend ein gewisser Professor M. seinen lange erwarteten Vortrag; dieser berühmte Gelehrte sei in dieser Stadt von seinem Lehrstuhl abgesetzt und in den Westen abgeschoben worden, jetzt kehre er sozusagen im Triumph zurück, und natürlich wollten alle ihn sehen und hören. Der Abend läuft programmgemäß ab; eine junge Frau spielt Cello, ein Herr Klavier, ich lese und beantworte Fragen, man drückt mir einen Blumenstrauß in die Hand, dann gehen wir in einem nahe gelegenen italienischen Lokal essen. Der eisige Nordwind ist noch stürmischer geworden. Ohne meine Geschichte überzustrapazieren, beharre ich doch darauf, daß man mich nach dem Abendessen nicht nur nach Hause fährt, sondern ins Haus hinein begleitet, ich wisse ja nicht, was mich dort erwarte. Das Haus ist diesmal erleuchtet, die Lampen brennen, wir gehen die Treppe hoch, im Flur begegnen wir einer korpulenten, elegant gekleideten Dame mittleren Alters mit heiterem Gesicht, die von meinen Begleitern freundschaftlich-kollegial begrüßt wird. Es stellt sich heraus, daß sie soeben Professor M. nach Hause gebracht hat, der Abend sei glanzvoll gewesen, man habe M. lange und enthusiastisch gefeiert. Ich bin erfreut, daß ich nicht allein in diesem Geisterhaus übernachten muß, und erzähle kurz, was mir vor der Lesung zugestoßen ist. Die fremde Dame lacht auf, beugt sich zu mir und sagt mit gedämpfter Stimme, der Wahnsinnige, den ich unter der Treppe habe toben sehen, sei Professor M. gewesen. Ihre Worte tauchen den ganzen Alptraum plötzlich in ein klares, nüchternes Licht. Der Professor sei zuckerkrank, etwas hysterisch und außerdem fast blind. Am Nachmittag habe er gedacht, es sei Zeit, daß er abgeholt und zur Universität gebracht würde. Also sei er in die Halle hinuntergetappt, hier aber habe niemand auf ihn gewartet (die Verabredung war nämlich eine halbe Stunde später), zudem seien alle Türen verschlossen gewesen, mit dem Schlüssel aber sei er nicht zurechtgekommen (weil er ihn falsch ins Schloß gesteckt hat). Da seien in ihm die Reflexe aus jenen alten Tagen erwacht, als er in dieser Stadt permanent observiert wurde, seinen Lehrstuhl verlor und ins Exil mußte; plötzlich habe er das Gefühl gehabt, er hätte nicht hierher zurückkehren sollen, man habe ihn in eine Falle gelockt, habe ihn in dieses Haus gesperrt, um andernorts über sein Schicksal zu entscheiden, und aus panischer Angst habe er zu schreien und an die Tür zu hämmern begonnen, bis er abgeholt und beruhigt wurde. Um so erstaunlicher sei, daß er nach einer solchen Nervenanspannung einen brillanten Vortrag gehalten habe. Auch ich beruhige mich nun, denn die Geschichte, die am Nachmittag so rätselhaft und erschreckend wirkte, hat ihre rationale Erklärung gefunden; zum Schluß lachen wir beide, wenn auch respektvoll, über den armen Professor M. Am Morgen stehe ich früh auf, ein Taxi wird mich zum Flughafen bringen, es wurde schon am Vortag bestellt und kommt auch auf die Minute genau. Prächtiger Morgen, strahlender Himmel, blendender Sonnenschein, nur der gestrige Wind hat noch zugenommen. Wir fahren durch eine deprimierende Gegend stadtauswärts, zwischen Ruinen aus der Zeit der sogenannten Deutschen Demokratischen Republik, nach den Außenbezirken folgen verlassene, baufällige Schuppen, schwarze Scheunen, nur da und dort bebaute Felder, der strohblonde, schnurrbärtige, beleibte Taxichauffeur bekommt sehr schnell heraus, woher ich stamme, welcher Nationalität ich angehöre; als er «Ungar» hört, schaltet er den Zähler augenblicklich aus. «Hohe Steuern», sagt er, an mein Verständnis appellierend, das ihm natürlich sicher ist, obwohl mir der Gedanke kommt, daß er die Steuer wohl anstandslos bezahlen würde, wenn ich beispielsweise Engländer wäre; was bin ich für ein Mensch, daß man mich aufgrund meiner bloßen Herkunft von vornherein für einen natürlichen Verbündeten von Gesetzesübertretern hält, ohne auch nur nach meiner Meinung, nach meinem Wesen, meiner Lebensauffassung, meinen Eigenheiten zu fragen. Ich überlege, ob ich nicht protestieren soll, lasse es aber bleiben, weil mir einfällt, daß ich nur im Namen des deutschen Staates protestieren könnte, was wirklich lächerlich wäre. Als ich in Leipzig das Flugzeug besteige, herrschen, wie gesagt, blendender Sonnenschein und stürmischer Wind, in München aber erwarten mich Nebel und heftiges Schneetreiben. Trotz des unfreundlichen Wetters steige ich am Marienplatz aus der S-Bahn; mein geheimnisvoller Leipziger Gastgeber, der sich nie zu erkennen gegeben hat, ließ mir zwar ein ausgiebiges Frühstück bereitstellen, und auch im Flugzeug gab es eine Kleinigkeit, doch setze ich mich in München gleich in ein Restaurant, genieße es, meine Rechnung zu bezahlen, kaufe in einem Geschäft etwas ein, stöbere in den Regalen, überlasse mich Münchens nüchternem Kapitalismus, seiner Attraktivität, seinen – zumindest oberflächlich – transparenten Verhältnissen, wie einer, der nach einer langen Reise plötzlich wieder zu Hause ist. Habe ich auf diesen Seiten zufällig einmal gesagt, München sei nicht schön? München ist wunderbar …

Huldigung an Feldafing. Der See. Die Berge. Der Uferweg. Die Freunde. Monika, die mich um den Starnberger See herumfährt und zum Tee in ihre Villa einlädt. Susanne, die für mich eine Lesung in der Bibliothek organisiert. Barbara, die die Künstler-Gäste der Villa Waldberta fotografiert. Albina, die in ihrem gelben Mantel auf dem hoch über dem See gelegenen Balkon sitzt und das *Galeerentagebuch* liest – bei müdem Sonnenschein.

Es wird Winter. Bald fahren wir nach Hause.

Winterliche Budapest-Erlebnisse; als würde mein Bewußtsein langsam krank.

Wovor fürchtest du dich, wo du doch weißt, daß du sterblich bist?!

Am Vormittag der junge Mann in der Erzsébet Szilágyi-Allee. «Mein lieber Herr (ja so: mein lieber Herr), bleiben Sie doch einen Moment stehen!» Pelzmütze auf dem Kopf, heller Teint, ziemlich blonder Schnurrbart, angenehme, wenn auch leicht wäßrige blaue Augen. Mir schwant nichts Gutes, doch bleibe ich stehen. Es ist klar, was folgen wird, dennoch muß ich das ganze Ritual durchspielen. Ob ich nicht Arbeit für ihn hätte? Nein. Ob ich nicht etwas rumänisches Geld eintauschen würde? Ach wo, was soll ich damit. Er sei aus Sepsiszentgyörgy nach Budapest gekommen, sagt er. Keine Neuigkeit: in den letzten Tagen sprachen mich mindestens zehn Personen, Männer und Frauen, an, die alle aus Sepsiszentgyörgy kamen. «Nur, damit ich was zu beißen habe.» Irgendwie rührt mich dieses altmodische, an die Kriegszeit gemahnende Argot. Aus meiner Magengrube steigen KZ-Erinnerungen auf; ich versuche mir gar nicht vorzustellen, was aus diesem hübschen, lebenstüchtigen und kräftigen jungen

Mann wird, den eine lügenhafte Propaganda hierhergelockt hat, mitten in diese gemeine Gleichgültigkeit, in diesen mörderischen Wahnsinn. Ich reiche ihm einen Hundert-Forint-Schein. Er heitert sich auf: «Gott behüte Sie!» sagt er, was auch mich aufheitert. Ich nehme seine Worte auf, wie einst die Griechen die gütige Prophezeiung eines Hirtengottes. In der Straßenbahn treffe ich zu meinem Pech Sz. an, der sozusagen vor meinen Augen verfiel, zu einem senilen Greis wurde. Er erkennt mich. Er sagt, er habe mich lange nicht gesehen. Unvorsichtigerweise erwähne ich, ich sei in München gewesen. Er kramt seine Münchner Erinnerungen aus den sechziger Jahren hervor. Wie er am Oberlauf der Isar Kiesel gesammelt, wie er von der Stadt sechzig Mark bekommen und damit ein Gerät gekauft habe, das er aus Sparsamkeit bis heute nicht in Gebrauch genommen hat usw., endlos. Seine hervortretenden Augen werden bei jedem Satz feucht, sein zuckender Mund nimmt einen seltsamen, fremden Ausdruck an – als wäre er schon mehrere tausend Jahre alt und erinnerte sich jetzt an das zweite Jahrtausend, als dieser Planet noch grün und voller Leben war.

Jeder Trost bedeutet heftige Empfindung von Lüge.

Neujahr 1993. Wintersonne, am Morgen Spaziergang über den Rózsadomb. Die Stadt von oben, kühles Licht, kühler Sonnenschein, stumme neujährliche Straßen. Ich betrachte das reglose, starre Bild und spüre, daß sich vor meinen Augen auch noch der letzte Rest jenes Schleiers lüftet (egal, ob wir ihn Gewohnheit oder gar Kultur nennen), durch den ich bislang die Welt zu betrachten pflegte, und daß ich plötzlich in die Weite sehe, direkt und unmittelbar ins Nichts.

Doch scheine ich mich aus irgendeinem Grund nicht damit abfinden zu wollen, daß dieser Augenblick vergeht, ohne daß meine Empfindung des Nichts Form annimmt, ohne daß das Nichts zur Erfahrung wird, zu einem Etwas.

Wenn die Schöpfung das Werk der Liebe ist, sind dann Untergang und Tod das Werk des Hasses? Macht uns die Liebe seiend, der Haß zunichte? Oder wäre denkbar, daß auch der Tod das Werk der Liebe ist?

Einige schwer zu beantwortende Fragen. Bekkett, in *Molloy*: «Was zum Teufel hat Gott vor der Schöpfung gemacht?» (Augustinus-Paraphrase) Valéry: «Muß jede Frage aufgeworfen werden?» Und: «Was tut Gott, wenn er nicht schafft?»

Borges in seinem Swedenborg-Aufsatz: «Die Höllen sind sumpfige Landstriche, Zonen, in denen anscheinend durch Feuersbrünste zerstörte Städte liegen; aber: hier sind die Verworfenen glücklich. Glücklich auf ihre Art; das heißt, sie sind voll von Haß, und es gibt keinen Herrscher, keine Ordnung in diesem Reich; sie alle konspirieren unaufhörlich gegeneinander. Es ist eine Welt der politischen Niedrigkeiten, der Verschwörungen. Dies ist die Hölle.»

Eine gute Beschreibung. Ihr zufolge spricht alles dafür, daß ich zu Hause bin. Aber warum fühle ich mich *nicht* wohl, wie es laut Borges / Swedenborg doch der Fall sein sollte? Bin ich vielleicht doch am falschen Ort? Durch eine falsche Zuweisung? Könnte es sein, daß der Schreibfehler eines fahrlässigen, schlechten Beamten zum *Urteil* wird?

Dann ist hier eine schreckliche Inkommensurabilität am Werk. Dann muß doch jede Frage aufgeworfen werden. (Mag es auch überflüssig sein.)

Ich fürchte, daß ich nicht mehr in der Lage bin, *seriös* zu sprechen. Meine Seele glaubt an etwas, was mein Verstand leugnen muß.

Wer die Probleme als das nimmt, was sie sind (das heißt sie *erkennt*), muß von ihrer Lösung absehen; das Problem liegt nicht in den Problemen, sondern außerhalb. Die Probleme des zerfallenden Roms zum Beispiel konnte nur Christus formulieren, *weil* er von ihrer pragmatischen Lösung absah; und schließlich bekam er recht, sein furchtbares Los bezeugt, wie notwendig und zugleich aussichtslos eine radikale Erneuerung war.

K., der Schriftsteller, zählte sein ganzes Hab und Gut zusammen. «Nur meine Sünden gehören mir», notierte er dann am untern Rand des vor ihm liegenden Zettels, der im übrigen mit Telefonnummern vollgekritzelt war.

Wieder unterwegs im Zug. Hamburg–Berlin–Köln–Frankfurt–Zürich. Die Mahnungen: Ich verlöre meine Tiefe. Ich verlöre mich selbst.

Mich selbst? Wer ist das? (Wenn ich nicht gerade Zahn- oder Bauchweh habe …)

Bin ich denn aus meinem Zentrum herausgetreten, aus dem Emersonschen Raum des Heros? Worauf muß ich achtgeben?

Ich weiß nicht, worauf ich achtgeben muß, und ich weiß nicht, warum ich achtgeben muß.

Ich weiß nicht, warum das Natürliche (die Tatsache, daß ich die Existenz des Schriftstellers I. K. lebe) widernatürlich sein soll.

Ich weiß nicht, warum die Moral der Unterdrückung natürlicher sein soll als die Schäden der Freiheit.

Die Platzangst des Diktaturzöglings.

Einige Fragen, die gleichwohl aufgeworfen werden müssen. Bin ich nicht zu leicht, ja seicht geworden? Will ich noch *schreiben*?

Köln. Heulender Wind, die breite Krempe meines schwarzen Hutes hindert mich daran, zum Dom hochzublicken – komisch. Wenn ich den Hut abnehme, wird mein Kopf vom eisigen Wind und den Nadelstichen des Regens förmlich malträtiert. Der Dom sieht wie ein monumentales Märchenbuch aus. Drinnen der Domherr in rotem Ornat. Er bittet mich, nicht umherzugehen, sondern mich zu setzen, da die Mittagsandacht beginne. Dann würde ich lieber gehen, sage ich erschrocken. Nein, nein, sagt der Domherr, das Ganze dauere nur fünf Minuten. Ich setze mich. Die Zeremonie spielt sich mit Hilfe eines Tonbandgerätes ab. Nach fünf Minuten ist sie auch schon zu Ende. Der Domherr lächelt mir zu. Der Dom ist innen öde und kalt. So muß es sein. Eine überdekorierte Kirche hat etwas von geschmacklosem Zauber, was schlicht unverzeihlich ist. Wie ein mit Bändern geschmücktes Richtbeil.

Hamburg, Spaziergang zwischen den Docks, der Journalist und seine Freundin. Die Linken lesen mein Buch. Ich kann es auch umkehren: Wer mein Buch liest, ist Linker. Ästhetisch ist das äußerst suspekt, aber was ist Ästhetik? Alles deutet darauf hin, daß der Mensch nicht wirklich frei ist, seine Gedanken, seine Gefühle sind determiniert, freilich nicht so, wie Marx oder Freud es sich vorstellten, nämlich keineswegs automatisch. Kann ich denn von den Lesern meiner Bücher auf die Bücher selbst schließen? Können wir von denen, die Quellwasser trinken, auf die Quelle schließen? Dennoch scheint es eine Art chemisches Gesetz von Anziehung und Abstoßung zu geben ... «Ist euch das Gefühl bekannt, in jemandem klein zu werden?» (Gombrowicz, *Ferdydurke*, 1. Kapitel)

In Basel die beflissene, doch etwas schrullig, wenn auch nicht bekloppt wirkende Buchhändlerin und ihr charismatischer Gehilfe, der schlanke, schwarzhaarige Thomas. Es kommen mir Assoziationen wie: Dickens, *Der Raritätenladen* ... Die Buchhändlerin sucht etwas, Thomas findet es. Die Buchhändlerin sagt etwas, Thomas berichtigt sie. Und immer mit allergrößtem Takt. Eine Weile versucht sie den Schein zu wahren, doch schließlich lächelt sie nur irr; ich gewinne den Eindruck, ohne Thomas wäre sie verloren. Dann erfahre ich, daß Thomas bald geht – er muß lernen, will er nicht in diesem Laden, neben dem einsamen alten Fräulein langsam verstauben, zwischen und mit den Büchern. Was wird nur aus dem winzigen, zerbrechlichen Fräulein (das vielleicht Witwe ist oder, was ich allerdings für ausgeschlossen halte, eine aktive Frau)? Sie wackelt mit dem Kopf, beklagt sich, tut aber so, als wäre sie sich über ihre Lage nicht im klaren, als könnte sie den drohenden Verlust nicht voll erfassen. Ob sie das aus Taktgefühl tut, um Thomas den Weggang zu erleichtern? Es ist dies eine besondere, altertümliche Beziehung in einer friedlichen, altertümlichen Stadt; doch irgendwie werde auch ich von Sorge ergriffen. Das Hotelzimmer, das die Buchhändlerin für mich reserviert hat, ist kahl und äußerst deprimierend. Ich mache keinen Hehl daraus. Wir suchen ein anderes Hotel auf, das ebenfalls kahl und deprimierend ist, offenbar muß es vor allem billig sein; und da es sich nur um eine einzige Übernachtung handelt, willige ich ein. Wir essen in einem ausgezeichneten Lokal, das wie eine schäbige Kneipe aussieht, zu Abend – ein lauter, fröhlicher Ort. Am nächsten Vormittag schlendere ich noch ein wenig durch die Stadt, dann fährt mein Zug. Obwohl ich protestiere, begleitet mich Thomas zum Bahnhof, trägt meinen Koffer dienstfertig über die Brücke; ich wage nicht vorzuschlagen, daß wir ein Taxi nehmen sollen.

In Frankfurt die kämpferische Jüdin mit schwarzem Männerhut und dicker Brille, sympathisch, attraktiv, hübsch, spricht davon, daß sie, daß ihre Generation (sie ist um die dreißig) sich mit Auschwitz *«auseinandersetzen müßten»**.

* Im Original deutsch

«Wir in Israel», sagt sie, «haben zumindest eines gelernt: uns zu verteidigen.» Totale Nichtauthentizität, keiner versteht etwas. Ich will auch niemanden überzeugen. Will nur schreiben, solange ich kann, weil ich gerne schreibe, weil ich die Sprache mag, weil ich es mag, wenn mir unerwartet ein Vergleich einfällt usw. Alle erkundigen sich nach Auschwitz; dabei sollte ich von den gemeinen Freuden des Schreibens reden – verglichen damit ist Auschwitz fremde, unnahbare Transzendenz.

K., der Schriftsteller, sagt folgendes:

– Eine Annäherung an Auschwitz ist unmöglich, es sei denn, von Gott aus; Auschwitz ist eines jener großen Menetekel, die in Gestalt eines schrecklichen Schlags auftreten, um den Menschen hellhörig zu machen – falls er hinhört. Statt dessen werden wissenschaftliche Motive vorgebracht, wird von der Banalität des Mordens geredet, was wie ein Gruß aus der Hölle klingt. Wenn Auschwitz vergeblich ist, so hat Gott Bankrott gemacht; und wenn wir Gott zum Bankrotteur machen, so werden wir Auschwitz nie verstehen. So bin ich denn bereit, auf diesem riesigen, wüsten Schauplatz namens Erde, wo im gräulichen Licht nur ein Häufchen Schutt, spitze Stacheldrahtreste, ein entzweigebrochenes Kreuz und die Trümmer einiger weiterer Symbole auszumachen sind, mich unterm grauen Himmel in den Staub hinzuknien, das Gesicht mit Asche zu bedecken und Auschwitz im gräßlichen Zeichen der Gnade *anzunehmen* …

– Dazu hast du kein Recht – widerspreche ich

sofort –, höchstens dann, und selbst das ist fraglich, wenn du daran zugrunde gehst.

– Aber das tue ich ja – erwidert K., der Schriftsteller –, die Geschichte meines Lebens besteht aus meinen Toden, wollte ich mein Leben erzählen, müßte ich von meinen Toden berichten.

– Trotzdem ist etwas faul an der Sache – protestiere ich weiter. – Wenn du Auschwitz so theologisch auffaßt, glaubst du offensichtlich auch, daß dein Leben einen Sinn hat. Vielleicht glaubst du sogar, Gott habe dich am Leben gelassen, weil er dich dazu ausersehen hat, Auschwitz als Menetekel zu begreifen.

K., der Schriftsteller, hat darauf nichts mehr erwidert. Seither schweigt er.

Ein Brief aus Salzburg: «*Über Ostern habe ich Ihr Buch gelesen, das mehr ein karfreitägliches Gefühl vermittelt.*»* (Es geht um *Kaddisch.*) In der Atmosphäre des ungarischen *Regime-Christentums* ist es ein großer Trost, solche echt christlichen Worte zu lesen.

Was trennt mich von der ungarischen christlichen Mittelschicht (die freilich eher eine mittlere Intelligenzschicht ist als eine wirkliche Mittelschicht)? Daß sie Wert auf die Unterscheidung legt, ob Graf Pál Teleki oder ob Ferenc Szálasi auf die Juden schimpft. Mir hingegen ist das im großen und ganzen gleich, für mich ist allemal Auschwitz das Endresultat.

* Im Original deutsch

Dieser Sommer, dieser heiße Sommer 1993 … Warum erinnert er mich so sehr an den Sommer 1944? Ringsum virulenter Haß, ununterbrochen tätiger Wahnsinn. Der Begriff «Nation» als unglückliches Bewußtsein, das dem ganzen Land aufgezwungen wurde.

Die Totalität dieses Bewußtseins schafft wiederum Rollen.

Ich verspüre keinerlei Lust, meine Rolle zu spielen. Keinerlei Lust, so tief zu sinken, daß ich gegen den sogenannten Antisemitismus protestieren muß (einst, zu Beginn der Zeiten, habe ich es aus Hochmut, Dummheit, Dünkel und *Hoffnung* getan).

Mein Judentum ist viel zu interessant (oder: zu bedeutungsvoll), um im gebrochenen Licht jenes Wahnsinns namens Antisemitismus gesehen zu werden.

Andererseits ist es schwierig, im Gravitationsfeld des Wahnsinns klaren Verstand zu bewahren.

Ihr verlangt doch nicht, daß ich meine nationale, konfessionelle und rassische Zugehörigkeit formuliere? Ihr verlangt doch nicht, daß ich eine *Identität* habe?

Ich verrate euch: Meine einzige Identität ist die des Schreibens. *(Eine sich selbst schreibende Identität.)**

Wer ich sonst bin? *Wer* wüßte es?

* Im Original deutsch

Kurzer Spaziergang in Linz. Am Hang, wo es zum Schloß hochgeht, das alte Starhemberg-Haus, das Ende des 17. Jahrhunderts dem Stadtrat vermacht wurde, zur Gründung einer Schule. An der Wand eine gelbe Tafel: hier seien Anton Bruckner und Rainer Maria Rilke zur Schule gegangen. Als ich zur Donau hinunterblicke, die im strahlenden Sonnenschein aus einer Krümmung auftaucht und fließt, weiterfließt Richtung Osten, verstehe ich die große östliche Hauptstadt der Österreicher, Wien; dort lebte Freud, der in die chaotische Tiefe des Bewußtseins blickte, so wie ich in Linz mit schüchtern zusammengekniffenen, dennoch wachsamen Augen in die Weite, zum bedrohlichen Osten hinüberblicke …

Dann erfaßt mich, gleichsam hubartig, ein plötzlicher leichter Taumel. Zeitweise wird auch der Mensch gereinigt – wie die Natur, wenn frischer Wind die dichten Wolken vertreibt und die stickige Luft den schwülen Dunst blank fegt; und wie diese Naturerscheinungen sind auch innere Aufheiterung und Sonne kaum erklärbar – oder bloß durch unzureichende und willkürliche physische Ursachen.

______Ich liebe mein Berliner Bett, auf dem man bequem und hart liegt.

In diesem Jahr habe ich insgesamt nur drei Monate zu Hause (in Budapest) verbracht.

Ich lebe wie ein Flüchtling.

Einzig was dies anbelangt, lebe ich richtig: ich bin ein Flüchtling.

Im Zug, irgendwo zwischen Zürich und Berlin, glaubte ich das inspirationshaltige Magma des Theaterstücks, an dem ich gerade arbeite, gefunden zu haben: im Mörder (der Hauptrolle) werde ich mein eigenes schöpferisches Sein betrauern – jenes Wesen, das infolge dreißigjähriger geheimer, fruchtbarer und im Grunde harmloser Arbeit aus seinem Kokon eine Seidenraupe hervorgebracht hat, diesen andern, der ich heute bin. Er aber, der eigentliche Schöpfer – ist tot. Ich liebte – und liebe noch heute – mein früheres, leidendes, hochstilisiertes Ich, in dem ich so lange gewohnt habe, diesen großen Toten, den ich in meinem Theaterstück zu Grabe trage. Ich wiederhole die Worte Ibsens – schreiben heiße soviel wie über sich richten. Im Stück verurteile ich mich zum Tode (das tue ich in jedem Werk, ich sterbe unentwegt); falls ich das Urteil überlebe, werde ich weiterfliehen, neuen Toden entgegen (bis ich eines Tages, vermutlich unerwartet und völlig unvorbereitet, auf den richtigen stoße: was wird das für eine Überraschung sein!).

Als ich in meine Berliner Wohnung zurückkam, wusch und bügelte ich wie eine Studentin.

Heute: In der Abenddämmerung Spaziergang an der Spree entlang, nicht enden wollender Nachmittag, mäanderndes Wasser, Weiden, die ihre Äste in den Fluß hängen lassen, dazwischen einzelne Pappeln und Platanen, Stille und Frieden.

Beim Schloß Charlottenburg beziehungsweise in einer Seitenstraße des Tegeler Wegs kaufte ich mir in einer schlecht beleuchteten Papierwarenhandlung einen Radiergummi, ein junger Mann mit Schnurrbart bediente mich, ermunternd lächelnd; er suchte skrupulös einen Radierer aus und verlangte dafür 40 Pfennig. Matte Herbstdämmerung, die in Abend übergeht; sehnsüchtiger, zielloser, wie um Verluste trauernder Schmerz, der uns in fremden Städten beim Anblick trauter Heime, mit Kerzenlicht beleuchteter Kaffeehäuser überkommt, wenn wir am Wasser entlangschlendern; ein namenloser, archaischer Schmerz, mit Haut und Haar, mit Gepräge und Gesicht, der Schmerz des Individuums, das im Ich-Kerker schmachtet und sich aus der Gefängniszelle heraussehnt. Der Hirschbock fängt in solchen Augenblicken fordernd und dumpf zu röhren an und geht einer Kirschkuh auf den Leim – aber nicht davon ist die Rede ...

Stehe auf dem Potsdamer Platz herum; matte Vormittagssonne; eine Einöde voll Staub und Schutt, mitten in der Stadt, wo einst die Mauer war und umliegendes Gelände. Wie nach schweren, verheerenden Luftangriffen. Feiner Aschegeruch im milden Licht, Straßen Richtung Nirgendwo, Stimmung und Gerüche, die an das Frühjahr 1945 erinnern, unfaßbare Melancholie des Überlebens ... Wie oft habe ich so vor dem Tor des Lagers Buchenwald gestanden, gleichsam die Freiheit kostend, die nach Leichen stank, nach Frühling duftete und wie Lagersuppe schmeckte ... Weiter zur Synagoge in der Oranienburger Straße. Vergeblich suchte ich die kleine Konditorei, wo ich vor dreizehn Jahren, 1980, als dieser Stadtteil noch zur DDR gehörte, eines Vormittags Riesenappetit nach einem kohleschaufelgroßen grünen Stück Torte verspürte. Durch das Konditoreifenster fiel mein Blick auf eine ziegelrote Gebäuderuine, ich konnte ihn nicht abwenden. Langsam kamen die Assoziationen. Die brennende Synagoge – die Kristallnacht, die Oranienburger Straße, das Gebäude im maurischen Stil, wie wir es von Dokumentarfotos her kennen ... Ich zahlte, lief auf die andere Straßenseite hinüber. Ja, richtig. Ruinen, Mauerreste, aus deren Ritzen da und dort ein Strauch wuchs. Nirgends ein Hinweis, drinnen eine unauffällige Tafel, auf der lediglich die Eigentumsverhältnisse festgehalten waren. Ein stummer, in Namenlosigkeit versunkener Ruinenhaufen, vom Vergessen geschändet. Neulich nun bekam die Synagoge eine glänzende Kuppel aus Gold, wie eine Dornenkrone. Doch ihre Umgebung, die baufälligen Häuser, die triste Straße, erinnern noch immer an den Krieg; der muffige Geruch in den Torwegen, die Bilder des Verfalls, der Schimmel, die Fäulnis. Als täte sich plötzlich ein geheimer Keller auf, dringt die ganze Verwüstung und Verheerung der letzten Jahrzehnte an die Oberfläche. In ein paar Jahren wird sie verschwunden sein, wird sich alles, alles ändern – die Menschen, die Häuser, die Straßen; die Erinnerungen werden eingemauert, die Wunden zugebaut sein, der moderne Mensch mit seiner berüchtigten Flexibilität wird alles vergessen haben, wird den trüben Bodensatz seiner Vergangenheit wegfiltern, als wär's Kaffeesatz. Mich erfüllt eine gewisse Befriedigung, daß ich dies, vielleicht zum letztenmal, sehen (und nicht nur sehen, sondern verstehen) kann, so wie es einem Naturforscher erginge, wenn er plötzlich ein Exemplar einer vor kurzem ausgestorbenen Rasse erblickte, das ruhig sein anachronistisches Leben lebt.

Weimar. Oben auf dem Ettersberg. Ein frostiger, dunkler Novembernachmittag. Irrelevanter Teilnehmer, der ich bin, trapple ich hierhin und dorthin, bleibe stehen, gehe weiter, wie es die Umstände und meine Begleiter verlangen. Es lohnt sich manchmal, jene Schauplätze, wo die entscheidenden Ereignisse unseres Lebens stattfanden, wieder aufzusuchen, um zu erfahren, daß wir nichts mit uns selbst zu tun haben. Eine gravierende Erkenntnis, die wir mit verschiedenen Formen und Sublimationen von Treue zu kaschieren versuchen, weil die Unbeständigkeit unserer Person sonst schieren Wahnsinn enthüllen würde. – Unten in der Stadt die sogenannte Konferenz. Professor H. ist eine Persönlichkeit im klassischen Wortsinn; eine in ihrer Absonderlichkeit geradezu unverfrorene Erscheinung. Seine überwältigende Vortragsweise. Unter den Referaten der Historiker sticht seines deutlich hervor: Es habe keinen Befehl zur Ausrottung der Juden, zur «*Endlösung*»* ge-

* Im Original deutsch

geben. Keinerlei *Führerbefehl**. Was man als solchen bezeichne, seien lediglich vage, auf mündlichen Äußerungen basierende Behauptungen. Alles sei freiwillig, eigenmächtig, spontan geschehen. Bei Befehlsverweigerung wäre es schwierig gewesen, sich auf irgend etwas zu berufen – Beweis dafür seien die tatsächlichen Befehlsverweigerungen.

In Kiel ein strahlender Himmel, vom Hotel am Waldrand aus sehe ich direkt auf die südlich blaue Nordsee; am Ausgang der Bucht halten mehrere acht- bis zehnstöckige Schiffe langsam auf die blau-weiße Weite zu. Müdigkeit. Im Zug nach Hamburg erwache ich jäh, weil mich jemand mustert. Zwei schräg gegenübersitzende junge Frauen starren mich an. In ihrem Blick ist noch immer etwas wie Verdutztheit, ja leiser Schrecken. *«Hab ich geschnarcht?»** frage ich, selber erschrocken. *«Nee, nee»**, wehren sie ab und beginnen sich sofort lebhaft miteinander zu unterhalten. Ich zerbreche mir den Kopf, womit ich diesen Mädchen wohl solchen Schrecken eingejagt habe. Im Spiegel ihres befremdeten Gesichts erblicke ich plötzlich mich selbst, einen älteren Ausländer, der mit zurückgesunkenem Kopf und offenem Mund reglos dasitzt und von dem man nicht weiß, ob er schläft oder vielleicht schon tot ist. Es muß ein unangenehmer Anblick gewesen sein.

Hamburgs weiße Villen. Der Flughafen. Dann München. Es geht mir durch den Kopf, daß ich nach vierzig Jahren Gefängnisleben nun plötzlich

* Im Original deutsch

so viele Flughäfen und Bahnhöfe kenne, mit völliger Selbstverständlichkeit die verschiedensten U-Bahnen und Schnellzüge benutze. Bedeutet es mir etwas? Es wäre gelogen, ich sagte nein. Ich bin der leicht skeptische, aber durchaus empfängliche Protagonist meines Lebens-*Entwicklungsromans**.

Draußen am Starnberger See, Tutzing, Evangelische Akademie. Wieder eine sogenannte Konferenz, die unter dem Titel «Deutsche und ungarische Intellektuelle im Gespräch» angekündigt ist. Ich habe dafür eigens ein Elaborat verfaßt: «Der überflüssige Intellektuelle». Eine verstörte Dame empfängt mich mit seltsamen Nachrichten. Von zuständiger ungarischer Seite sei verlautet, man halte die Liste der ungarischen Geladenen für einseitig. Gegen mich wurde vorgebracht, ich schriebe nur über ein *einziges* Thema (nämlich Auschwitz) und sei *somit* nicht repräsentativ für das Land (nämlich Ungarn). Die Worte der verstörten Dame verstören mich; ich spüre, wie der offerierte Wahnsinn hoffnungslos und unausweichlich von mir Besitz ergreift. Zuerst nimmt er in mir die Züge von Selbstmitleid und Entrüstung an; danach beginnt die Leidenschaft Argumente zu sammeln, steigt in den Ring der Logik, obwohl klar ist, daß man mich nur in den Ring zwingt, um mich k. o. zu schlagen. Diese Logik offeriert brillante Wahrheiten, und jede Wahrheit ist eine Fußangel. Je mehr Argumente für mich sprechen, desto wei-

* Im Original deutsch

ter entferne ich mich von der Wahrheit, weil ich an einem Sprachspiel teilnehme, dessen Komponenten allesamt wahrheitswidrig sind, weil ich mich in einer Ordnung des Denkens bewege, die alles verfälscht. Wenn diese Ordnung des Denkens Wirklichkeit schafft, kann meine Wirklichkeit, als Teil davon, nur *Mittel zum Zweck* sein. Es scheint, als wäre ich ein gefährlicher Gegner, während ich doch nur einem perversen Bedürfnis diene, das mich an sich reißt und schändet, wie ein Lustmörder sein Opfer.

Doch wie sollte ich nüchtern bleiben, wenn die Wollust des Wahnsinns so verlockend ist? Hat man mich nicht beleidigt? Hat man mich nicht ungerecht behandelt und diskreditiert? Sind nicht antisemitische Affekte im Spiel? Sieht es nicht wie eine Rückkehr alter Methoden aus, wenn die Kulturdiplomatie eines postkommunistischen Staates im Ausland seine eigenen, unerwünschten Bürger in den Dreck zieht? Und so weiter – Argumente des Wahnsinns, die im Gewande juristischer Logik daherkommen, um sich meiner zu entledigen.

Wäre es nicht interessanter, der Wahrheit ins Auge zu blicken? Sollte ich nicht lieber ein für allemal mit meinem negativen Wahnsinn aufräumen, der mir den widerwärtigen Stempel eines Opfers aufdrückt? Es ist evident: Eine kleine Nation, die längst aus dem großen Prozeß der sogenannten Weltgeschichte ausgeschieden ist und sich zudem schwertut, ihre wahre, adäquate Rolle in Raum und Zeit zu finden (vielleicht ist eine solche Rolle für sie gar nicht vorgesehen): eine solche

Nation kann sich *als* Nation nur wahnsinnig gebärden.

Wenn sie nicht einsehen wollen, daß ihr kaputtes Privatleben und die verfehlte Geschichte auf ihr eigenes Konto gehen, wenn sie darin ein von bösen, *fremden* Kräften verursachtes *Unglück*, einen *nationalen Fluch*, Schicksal, ja Verhängnis sehen wollen: dann läßt sich wohl sagen, daß sie den *Antisemitismus brauchen*.

Die an einem Vaterkomplex leidende, sadomasochistisch perverse osteuropäische Kleinstaatenseele kann, wie es scheint, nicht ohne den großen Unterdrücker leben, auf den sie ihr historisches Mißgeschick abwälzt, und nicht ohne den Sündenbock der Minderheiten, an dem sie all den Haß und all das Ressentiment, das der tägliche Frust erzeugt, abreagiert. Wie soll einer, der permanent mit seiner spezifisch ungarischen Identität beschäftigt ist, ohne Antisemitismus zu einer Identität gelangen? Was aber ist das ungarische Spezifikum? Zugespitzt formuliert, läßt es sich nur durch negative Charakteristika bestimmen, deren einfachstes – redet man nicht um die Sache herum – so lautet: Ungarisch ist, was nicht jüdisch ist. Nun gut, was aber ist jüdisch? Das ist doch klar: was nicht ungarisch ist. Jude ist der, über den man in der Mehrzahl reden kann, der ist, wie die Juden im allgemeinen sind, dessen Kennzeichen sich in einem Kompendium zusammenfassen lassen wie die einer nicht allzu komplizierten Tierrasse (dabei denke ich natürlich an ein schädliches Tier, das – schiere Irreführung – ein seidiges Fell hat) usw.;

und da «Jude» im Ungarischen zum Schimpfwort geworden ist, macht der als Kollaborateur ehrenhaft ergraute politische Redner und schnellgebakkene Ungar einen Bogen um den heißen Brei und benutzt das Wort «Fremder» – doch weiß jedermann, wer gegebenenfalls seiner Rechte beraubt, gebrandmarkt, geplündert und totgeschlagen wird.

Und ich – was kann ich tun?

Schon seit langem nichts. Ich habe den Moment zum Handeln verpaßt, bin bloßer Wächter und Zeuge. Vielleicht wird mir diese Fahrlässigkeit, im Zusammenhang mit der isolierten Sprache und der unmöglichen Umgebung, als Schriftsteller zum Verhängnis. Doch müßte ich mich schon mehr für die Unsterblichkeit interessieren, um deswegen betrübt zu sein.

In begrifflicher Klarheit steckt immer ein wenig Trost. Mit Karl Kraus gesprochen ist die Lage hoffnungslos, aber (noch) nicht total. Durch eine höfliche Verbeugung kann ich noch immer der Einladung zur Hinrichtung entgehen – und das ist meine Aufgabe, praktisch und mental.

Nachmittags um fünf Rendezvous am Münchner Hauptbahnhof. Ich komme mit dem Zug aus Berlin, M. mit dem Auto aus Budapest. Seit wann wage ich es, solche Treffen zu vereinbaren? Woher nehme ich das unbegründete, kosmische Vertrauen? Als ich nach siebenstündiger Zugfahrt aussteige, sehe ich niemanden. Beziehungsweise ein Gewimmel von Gesichtern, in dem ich mit dem

Blick vergeblich herumstochere. Langsam überkommt mich das vertraute, watteartig gedämpfte Gefühl der Unwirklichkeit. Doch siehe da, was für ein Lächeln taucht plötzlich in dem bunten Gewirr, zwischen den zerstiebenden Marionetten auf und hält geradewegs auf mich zu? Ich höre ihre Worte: Die achtstündige Autofahrt habe sich um zehn Minuten verzögert, weil an einem Grenzübergang ein Stau entstanden sei – doch mit einemmal wird diese lärmige, wimmelnde, turbulente Halle, dieser absurde Schauplatz, wo unsere Wege zusammenlaufen, zu einer Art archaischen Kulthöhle, erfüllt mit der metaphysischen Bedeutung der Begegnung, mit der affirmativen Suggestion einer gleichsam schicksalhaften Zusammengehörigkeit, die ich einen Augenblick als völlig real erlebe. Dann bahnen wir uns einen Weg durch die Menge, zum Ausgang, zum Parkplatz, und fahren weiter, nach Florenz …

Budapest. Träume. In der vorigen Nacht meine Mutter, der übliche vage Traum, voller Gewissensbisse. Vor zwei Tagen ein hellbrauner tollwütiger Hund, ich sah seine scharfen Zähne, spürte schon die grausam-böse Wirklichkeit seines Bisses, als in einem Arkadenhof Feuer ausbrach, das blitzschnell um sich griff und dunkle Rauchwolken bildete, wie wenn Öl oder Benzin brennt.

Es ist etwas anderes, zu Hause heimatlos zu sein als in der Fremde, wo wir in der Heimatlosigkeit ein Zuhause finden können.

Aus zahllosen kleinen, individuellen Irrtümern

entsteht der große, gemeinsame Irrtum. Und dieser Irrtum ist unsere einzige Wahrheit.

Einige Fragen, auf die ich immer falsche Antworten gebe (falsch meint: irrig, weil dies in der Natur der Sache liegt, doch habe ich zuwenig beachtet, daß jeder Irrtum immer *mein Irrtum* ist, das heißt meine einzig mögliche Wahrheit). Zum Beispiel: Ob wirklich nur mörderische Umstände für mich eine Kraftquelle seien? Das kann ich nicht wissen, weil diese Kraftquelle immer nur zur Darstellung der mörderischen Umstände diente, unter ebendiesen mörderischen Umständen. Ließe sich der Akt der Unabhängigkeit oder Freiheit hier zweifelsfrei nachweisen, dann wüßte ich, daß diese Kraftquelle sich nicht den mörderischen Umständen, sondern einer viel tieferen, wesentlicheren Notwendigkeit verdankt, dann könnte ich sagen, daß ich zum Künstler geboren wurde. So aber kann ich nur feststellen, daß ich mit diesen mörderischen Umständen so heftig zusammengeprallt, dann zusammengewachsen bin, daß diese Fusion explosionsartig eine neue Qualität erzeugt hat – durch mich und in mir.

Weiter: Warum ich am Ende des *Galeerentagebuchs* so viel über Gott rede. Hier allerdings ist die Frage falsch gestellt, denn über Gott kann man meines Erachtens nicht reden, Gott ist weder Person noch Gegenstand, es ist zu befürchten, daß wir es mit einem Sprachproblem zu tun haben. Ich spreche davon, daß der Mensch in bestimmten Situationen Gott denken *muß* beziehungsweise über Gott nachdenken *muß* – es handelt sich also schlicht um ein Zeugnis, ein «Dokument», um nichts weiter.

Schließlich: Das Thema des sogenannten Antisemitismus. Darum «sogenannt», weil er nicht mehr der gleiche ist, sondern ein anderer (obwohl man das nicht wahrhaben will). Hier, bei der Unterscheidung zwischen Antisemitismus und Antisemitismus, muß man das Faktum Auschwitz berücksichtigen. In der Geschichte des Antisemitismus ist Auschwitz ein Wendepunkt, wie beispielsweise in der Physik die Quantentheorie. Womit ich nur sagen will, daß ein Antisemit, der Auschwitz außer acht läßt, kein echter, glaubwürdiger, ernster, auf dem Gebiet seines Wahns bewanderter und gebildeter Antisemit sein kann – ebensowenig wie der Physiker, der noch nie von der Quantentheorie gehört hat. Es ist nämlich so, daß Auschwitz die Antisemiten permanent in Verlegenheit bringt: auf Auschwitz gibt es – sieht man von der schieren Billigung ab – keine antisemitische Antwort. (Kürzlich erlebte ich, wie im Lebensmittelgeschäft gegenüber ein Mann die Bierflasche schwenkte und schrie: «Die opfern sich lieber selber, nur um Schadenersatz zu bekommen!» Dieser unverblümte Infantilismus war jedoch so komisch, daß ich laut lachen mußte, worauf der Mann mir freundlich zublinzelte.) Der Antisemitismus wurde zu Ende gedacht, und das Gedachte wurde in die Tat umgesetzt: mit Auschwitz hat die klassische Geschichte des Antisemitismus ihr Ende erreicht – freilich in dem Sinne, wie für manche die Geschichte selbst an ihr Ende gelangt ist. Das heißt, alles geht weiter, nur irgendwie matter, wenn auch unverblümter: die Nebengeräusche der antisemitischen Ideologie, die niemanden von nichts mehr zu überzeugen vermag, werden in Zukunft höchstens als unartikulierte Hetzrufe vonnöten sein, als Metronomschläge zum Takt der Menschenvernichtung.

Noch nie habe ich die gravierende Tatsache analysiert, daß das Lieblingsmärchen meiner Kindheit *Das häßliche Entlein* war. Ich habe es oft gelesen und jedesmal fleißig geweint. Es ist mir häufig auf der Straße, im Bett vor dem Einschlafen usw. in den Sinn gekommen, als Trost, der sich an allen für alles rächt. Womöglich sagt es mehr über meine geheimen Lebensgrundsätze aus als die großen Jugendlektüren, von denen ich glaubte, sie hätten mein Schicksal tiefgreifend verändert, hätten meine Wege – oder Irrwege – bestimmt.

In Weiterführung von Freuds Idee, wonach sich im deutschen Antisemitismus der einstige latente Widerstand der heidnischen Germanen gegen das Christentum spiegeln dürfte – denn das Christentum ist ja ein Kind des jüdischen Monotheismus –, wäre zu erwähnen, daß für die Tiefenpsychologie der «*Endlösung*»* auch eine gewisse Rolle gespielt haben mag, daß die Juden das biblische Volk sind.

* Im Original deutsch

Man wollte die Schrift auslöschen. Wollte allein sein. Ohne Gesetz.

Die Feinheiten der Tiefenpsychologie. Die unermeßliche Drehbühne der historischen Analyse, Hannah Arendts großräumige und tieflotende Vision vom Ursprung und Aufkeimen des Antisemitismus zur Zeit der europäischen Aufklärung, das heißt der Judenemanzipation. Wie aber erklärt sie Auschwitz, die Sonderkommandos, den Alltag des Lagerlebens? Hier nämlich muß jede historische, jede wissenschaftliche Erklärung versagen. Hier spielt sogar der Antisemitismus kaum noch eine Rolle. Hier quält nur noch ein Mensch den andern, mordet zuhauf, schwelgt im Gestank verwesenden Fleisches, hier werden nur noch Leichen von den Händen Halbtoter verbrannt und Gegenstände von Magazinarbeitern sortiert; die Welt geht im Innersten zugrunde, was sowohl die Geschichte als auch Verstand und Wissenschaft weit übersteigt ...

Habt ihr bemerkt, daß in diesem Jahrhundert alles eigentlicher wird, sein eigentliches Selbst offenbart? Der Soldat wird zum Berufsmörder, die Politik zum Verbrechen, das Kapital zu einem mit Krematorien ausgerüsteten Menschenvernichtungsbetrieb, das Gesetz zur Spielregel für schmutzige Spiele, die Weltfreiheit zum Völkergefängnis, der Antisemitismus zu Auschwitz, das Nationalgefühl zum Genozid. Unser Zeitalter ist das Zeitalter der Wahrheit, ohne jeden Zweifel. Doch aus purer Gewohnheit wird weitergelogen, obwohl jeder die Absicht durchschaut; schreien sie: Liebe – weiß jeder, daß die Stunde des Mordens gekommen ist; schreien sie: Gesetz – regieren Diebstahl und Raub.

Vergessen wir nicht, daß man Auschwitz keineswegs wegen Auschwitz liquidierte, sondern weil das Kriegsglück umschlug; auch ist seit Auschwitz nichts geschehen, was wir als Widerlegung von Auschwitz hätten begreifen können. Indessen haben wir erlebt, daß Reiche von Ideologien beherrscht wurden, die sich in praxi als bloße Wortspiele entpuppten, wobei gerade ihr Wortspielcharakter sie tauglich, das heißt zum wirksamen Instrument des Terrors gemacht hat. Wir haben erlebt, daß Mörder und Opfer sich gleichermaßen über die Leere, die Bedeutungslosigkeit solcher ideologischen Befehle im klaren waren: und gerade dieses Bewußtsein verlieh den im Namen solcher Ideologien verübten Greueltaten jene besondere, unvergleichliche Schändlichkeit und pervertierte die von solchen Ideologien beherrschten Gesellschaften bis hinab an die Wurzeln. Mörderische Salven, mehr noch die bloße Faust, «der mörderische Stockhieb», haben sich – zusammen mit der Proklamation mörderischen Unsinns (sic!) – als das genüßlichste Machtgefühl erwiesen, das vernunftschändende Morden hat ein orgiastisches Glücksgefühl erzeugt, das dem Menschen und seiner Zukunft wahrhaft apokalyptische Perspektiven eröffnet …

Man müßte einmal alle Ressentiments analysieren, welche die zeitgenössische Intelligenz gegen die Vernunft hegt, müßte eine Geistesgeschichte des Hasses auf den Geist verfassen …

Ich schreibe diese Zeilen mit besonderer Bitterkeit und besonderer Genugtuung (um nicht zu sagen Wonne) und habe zugleich eine starke Empfindung von der Vergeblichkeit und Unzeitgemäßheit meines Seins. Was bewegt mich, warum kritzle ich mit meinem Kugelschreiber aufs Papier? Wozu all diese geheimen Morgen und geheimen Spaziergänge, all diese einsamen, intimen Selbstquälereien? Bin ich etwa ein Kryptoprophet? Ein unter den Trümmern der Zeit sich versteckender Chronist? Formuliere ich Antworten auf Gottes unablässige Fragen? Irgendwann muß ich mich um die äußere Gestalt des Stoffes kümmern, um die impassibilité, die künstlerische Makellosigkeit – aber wird ein solcher Moment kommen? Und ist das überhaupt wichtig? Ist nicht viel wichtiger, was am Schluß der *Englischen Flagge* steht: «Wer *sieht* durch uns?» Denn wir müssen so denken, das heißt auch leben, als *sähe* einer – nicht uns, nicht mit unsern Augen, sondern durch unser Leben.

Was bedeutet das, strenggenommen? Keineswegs eine *Lösung*. «Ich bin nicht bereit, mit erlöster Seele in einer unerlösbaren Welt zu wandeln» – sagt Buber (zitiert von Ervin Nagy Vályi).

Budapest, Januar 1994. Ich spüre meinen inneren Verfall. Die dumme Leidenschaft des Zeitungslesens. Die verhaßten Fakten, die zerstörerische Umgebung – auf den Straßen und Gehsteigen, in den Läden: die tägliche Aggression überall löst das Nachdenken über die täglichen Haßanfälle aus.

Dieses dumme Leben spielt sich auf einer einzigen Ebene ab, auf der Ebene des Nachdenkens über lauter Ephemeres. Meine ewige Seele (wenn ich mich so ausdrücken darf), meine ewige Seele läßt mich langsam im Stich, und schon spüre ich ihren enttäuschten Rückzug: auch in diesem Haus habe ich umsonst ein Nest zu bauen versucht ...

Heute morgen sah ich einen sechs- bis siebenjährigen Jungen mit vornehmem, dunkelhäutigem Gesicht; schmutzig und zerlumpt kauerte er auf dem kalten Asphalt Ecke Margit körút und Károly-Szász-Straße, an eine Hauswand gelehnt. Stumm, mit selbstvergessenem Gesichtsausdruck wühlte er in seinen Taschen. Die Almosen nahm er wortlos und würdevoll entgegen, ohne darauf zu achten, wer wieviel Kleingeld in das mützenähnliche Ding vor ihm warf. Das Bild hatte etwas Endgültiges, etwas unabänderlich, ja vollendet Apathisches.

Mich abwenden (weil ich nicht anders kann). Ich verliere meine Empfänglichkeit für die Freude, für die unerhörte Schönheit des Lebens – ich verliere die Empfänglichkeit für mich selbst. Ich verliere den Überschuß, den Lebensüberschuß, in dem mein Reichtum, die latente Quelle meines Schaffens liegt; indes ist es einzig das sogenannte Schaffen, in dem sich mein wahres Wesen manifestiert (warum aber muß es sich überhaupt manifestieren? – nicht enden wollende Fragen). Unzeitgemäß leben, das heißt tragisch leben, in den weitläufigen Dimensionen des einmaligen Seins und des unberechenbaren, schnellen Todes, wie jemand, dem zwischen zwei faden Kokon-Existenzen dieser einzigartige, kurze Sommer zuteil wird.

In letzter Zeit habe ich keine großen, wegweisenden Träume mehr. Ich schlafe vergebens und wache umsonst auf.

Diese unendliche Leere, wenn ein Gefühl vergeht. Wenn ein langes Buch, in dessen Welt du dich eingenistet hast, ausgelesen ist; wenn du eine Liebesbeziehung beendest; wenn die anspornende Inspiration ausbleibt – da erfährst, da siehst du die Welt mit einemmal ohne Ziel, ohne Sehnsucht, Willen und sonstige Manipulationen, einfach so, wie sie ist, als das, was sie ist.

Du erlebst dein Unglück und begreifst, daß diese Leere der Welt gewissermaßen dein Werk ist.

Lange habe ich die Trägheit meiner Väter verachtet; da lebten sie in diesem Land, und als sie plötzlich mit der Wahrheit um sich herum konfrontiert wurden, erschien ihnen das gleichsam als der natürliche Lauf der Dinge, als organische Entwicklung. Es gibt keine größere geistig-moralische Niederlage, als den Tod aus den Händen jener entgegenzunehmen, die wir restlos verachten. Was spricht aus solchem Versäumnis? Selbstverachtung? Blindheit? Bequemlichkeit? Ungläubigkeit? Fatalismus?

Auch ich lebe so, abwartend, gleichgültig,

schuldig. Es ist März, die Sonne scheint, der Nationalfeiertag steht bevor. Als ich auf dem Széna tér aus der Straßenbahn schaue, sehe ich einen Aufmarsch von jungen Leuten in tarnfarbener Kleidung und schwarzen Schnürstiefeln, mit Árpádfahne und waffenähnlichen Dingern unterm Arm. Was haben sie vor? In der Unterführung der Margit-Brücke ein weißbärtiger Greis in gendarmgelbem Anzug, er trägt eine nationalfarbene Armbinde mit schwarzem Doppelkreuz und auf dem Kopf einen Pfadfinderhut mit Reiherbusch und bunten Federn ... ein vergreister nationalistischer Winnetou. Jungvolk, das sich in leintuchgroße Trikoloren hüllt, haßerfüllte Blicke, die über riesigen nationalen Abzeichen ihre Razzia machen. Flüchtig taucht die Frage auf, ob es sich lohne, das Phänomen zu analysieren; ich glaube, nein. Was dennoch auffallend daran ist: das Fehlen von Veränderung. Als wären diese zumeist jungen Leute, abgesehen vom Abstrahierbaren – der Person – *die gleichen*, die ich in den vierziger Jahren gesehen habe – gleiche Gesichter, gleiche Stimmen, gleiche Bewegungen usw.; das läßt auf eine gewisse Konstanz der Wirklichkeit schließen. Auffällig ist ihre mangelnde Anpassungsfähigkeit und Flexibilität – sie wiederholen dasselbe, auf dieselbe Weise –, was auf schwerwiegende Probleme im Bereich der Vitalität hindeutet; ihre Aggressivität ist eine Dissimulation, das Zeichen offenkundiger Dekadenz und Lebensuntauglichkeit; nicht ihr Antisemitismus, nicht ihr unbezwingbarer, beschränkter, zu jeder Anpassung oder Erneuerung unfähiger Egozentrismus wird diese Menschen ins Verderben stürzen, vielmehr zeigt sich daran, daß sie schon längst verloren sind. Es fehlt ihnen vollkommen der feine Instinkt der Aufnahmebereitschaft, sie schließen sich ab und schließen andere aus; wenn aber eine Gemeinschaft den Anschluß an die Weltkultur verpaßt, blickt sie verständnislos in den Abgrund, der sich vor ihr auftut, obwohl dieser Abgrund da ist, um sie zu verschlingen.

Die Vergeblichkeit aller Luzidität. Der Mensch ist, mit menschlichem Verstand beurteilt, einfach jämmerlich ridikül; aber gibt es denn einen andern Verstand, mit dem er zu beurteilen wäre? Ist der Verstand eine tätige Energie? Und wenn er den Menschen ununterbrochen in Frage stellt, muß man da nicht auf negative Kräfte im Menschen schließen, auf seinen unvermeidlichen Untergang? Ist der Kampf hienieden nicht auch zu begreifen als ein Kampf der Ratio gegen die Trägheit der Materie? Das heißt, die Ratio kämpft in ihrem Kampf für den Fortbestand sozusagen gegen die dem Fortbestand dienenden Instinkte, und wenn sie diese nicht besiegen kann, muß sie zwangsläufig den Fortbestand selbst verurteilen und das Urteil mit Hilfe der Instinkte vollstrecken.

So betrachtet könnte die Welt (und was ich von ihr sehe) zweifellos Sinn gewinnen. Nur muß ich meine Augen sehr anstrengen...

Eines Nachts (heute? gestern?) war ich im Traum in einem *Theater*-(oder Konzert-)Saal, wo die Menschen stehend applaudierten. Ich sah sie von hinten (an einen graublauen Anzug und an den glattrasierten Nacken eines jungen Mannes kann ich mich genau erinnern), somit muß ich wohl selber im Publikum gewesen sein. – Oder war ich doch auf der Bühne? ...

Wenn ich mein Stück zu Ende bringe (was mir zur Zeit immer unwahrscheinlicher vorkommt), möchte ich einige lang hinausgeschobene Projekte in Angriff nehmen (die Autobiographie *Die Zone*, in deren Mittelpunkt die authentische Geschichte von A. steht; vielleicht werde ich die Autobiographie aus dem Gesichtswinkel von A., das «Ich» durch die «Sie»-Perspektive schildern, wodurch die Passion eines gegen mich gerichteten Stils in vollem Maße moralisch gerechtfertigt würde).

Gestern, beim Anhören des Quartetts op. 127 (zweiter Satz), fiel mir auf, daß ein solches Gefühl in der heutigen Kunst völlig fehlt. Was für ein Gefühl? Müßte ich es benennen, würde ich am ehesten sagen: Dankbarkeit.

Wir mögen das Leben nicht. Wir freuen uns nicht daran.

Und doch muß das Leben ein großes Privileg sein, wenn wir es mit dem Tod bezahlen müssen.

Ich versuche weise Bücher zu lesen, aber sie machen mich nur immer gereizter. Die Weisheit läßt das Leben gewissermaßen als Gewohnheit erscheinen, während man sich an das Leben niemals gewöhnen kann. Und gerade darin liegt das Entscheidende – sein einziger Reiz.

Mitten in meinen Sechzigern muß ich plötzlich

feststellen, daß der grundlegende Fehler meiner Arbeitsmethode bislang meine Arbeitsmethode war.

Gestern mit Freunden. Es umgaben mich die sanften, ruhigen Wellen der Sympathie; ich wagte es nicht, mich darauf zu wiegen.

Nachts, auf der Heimfahrt, G. N.s ernstes Gesicht hinter dem Lenkrad. Er fragte: Wenn Auschwitz für mich eine gültige Metapher sei, ob ich dann die letzten Sätze meines Textes über die überflüssige Intelligenz wirklich *ernst* meine, das heißt, ob meines Erachtens zwischen einer «freien» und einer «geschlossenen» Gesellschaft gewählt werden könne. Ich sagte, was ich geschrieben hätte, sei mein Ernst; zwar könne man das Bewußtsein der Schande nicht mehr aus unserm Leben ausmerzen, doch dürfe diese Tatsache nicht zu weiteren Schändlichkeiten verleiten.

Heute aber bin ich davon schon nicht mehr so ganz überzeugt. Und auch nicht vom Gegenteil. Überhaupt bin ich von meinen Worten nicht überzeugt, weil diese eine bloße Meinung ausdrücken; Meinungen müssen auf dem Leben gründen, in meinem Fall aber tun sie das nicht, schlicht und einfach darum, weil mein Leben kein aktives Leben ist; und so bin ich wieder einmal auf das Glatteis der Meinungen geraten und prompt ausgerutscht; außerdem habe ich mich plötzlich als *Essayisten* gesehen, und mich packte die Angst vor dem Verdursten in der Wüste der Rhetorik …

Ich übe Einfluß auf andere aus und weiß selber gar nicht, wer ich bin.

Mein Leben provoziert eine andere Frage, und diese könnte so lauten: Bedarf es, um das Leben voranzutreiben, noch schlichten menschlichen Ernstes, oder kann man auf solchen verzichten; ist Moral im klassischen Sinne noch wichtig, oder genügt hemmungsloser Machtzuwachs; inwiefern können der hemmungslose Machtzuwachs und die Unterordnung der Moral (die Funktionalisierung des Individuums, der Person) zu einem besseren und reicheren Leben beitragen? Und ist die moralische Qualität des Lebens – das Bemühen, *besser* zu werden – überhaupt noch eine Kategorie, über die sich nachzudenken lohnt – oder ist die innere Kultur des Menschen mit Tolstoi zu Ende gegangen?

Auch darüber habe ich keine *Meinung*, diese Frage könnte ich lediglich *verkörpern*, die Antwort lediglich leben, *praktizieren*, ohne sie selber je finden zu können ...

*«Solange du nicht zu steigen aufhörst, hören die Stufen nicht auf, unter deinen steigenden Füßen wachsen sie aufwärts»** – Kafka. Ich bewege mich durch die Leere, um nicht zu sagen abwärts.

György Ligeti: «Avantgarde und Moderne sind zwei unterschiedliche Stilbegriffe» (*Lettre*, 1994, Nummer zwei). – Ligeti hat damit, wie üblich, etwas Grundlegendes formuliert.

Die neue Romantechnik beruht alles in allem auf der Einsicht, daß nicht der Schriftsteller die Welt (als Erkenntnisobjekt) ergreift, sondern die

* Im Original deutsch

Welt den Schriftsteller (als haltloses Triebobjekt); solche Einsicht hat jedoch verheerende Wirkungen auf die sogenannte Literatur, diesen Kunstzweig, der immer kümmerlicher dahinvegetiert. Noch holt sich die Literatur ihre letzte Inspiration aus dem unwahrscheinlich rasanten Verfall menschlichen Niveaus; doch bald schon wird dieser unaufhaltbare Verfall jede Inspiration zunichte machen – außer der des Untergangs. Schon jetzt: Wer spricht denn von Literatur? Die letzten Zuckungen festhalten, das ist alles.

Ich ging durch eine öde, wüste Gegend; «eine flache und leere Landschaft, wie am Ende der Welt, kaum noch als Landschaft zu bezeichnen». Ich war ein emotional berührter Betrachter der Dinge, nahm an ihnen aber nicht teil. Was wie eine Stadt aussah, mündete in einen Schuttabladeplatz, in Moorland. Der hellbraune, zottige Hund war nicht lahm, sondern zog die Hinterbeine aus Müdigkeit nach. Alles war von «Dämmerlicht» übergossen, vom Widerschein eines Feuers. In der Tiefe eines an eine Sandgrube erinnernden Höllenkreises erblickte ich plötzlich altersschwache Menschen mit malvenfarbenen, leichenfleckigen Gesichtern; an einen Mann kann ich mit gut entsinnen, er trug eine Wollweste (wie sie A. für mich gestrickt hat) und lag sanft im Sterben (wie alle übrigen Menschen auch); ich sah auch den Hund wieder, er lag neben dem Mann; der vom Hunger Ausgezehrte streichelte zärtlich-vertraut das vollkommen geschwächte Tier, das sich an ihn schmiegte. Mich bedrückte das Schweigen in diesem von Lebenden bevölkerten Massengrab, wo die Menschen sich der friedlichen Beschäftigung der Agonie hingaben. Doch gelang es mir ohne größere Schwierigkeiten, mich jetzt weder als Sterbender noch als Betrachter zu empfinden; irgendwie wurde ich ins Bild hineingesogen, das mich gleichwohl nicht vollständig aufnahm. Ich erinnere mich an den Mann mit der Weste, wie er im Liegen (zu mir?) hochsah, mit abweisendem Gesichtsausdruck, wie nicht von dieser Welt, und dabei in einem fort den Hund streichelte: gemeinsam warteten sie auf die Erfüllung ihres Schicksals, unnahbar stolz und ruhig.

Ich bin der Sache nicht nachgegangen, ich mußte aufwachen. Dann aber habe ich sie rasch geklärt. Allmählich kenne ich die Symbolwelt meiner Träume. Ich weiß, warum die Hungernden hier hungern. Ich weiß, wer der Mann ist. Ich weiß, wer der Hund ist. Ich weiß, warum sie hungern müssen. Ich weiß, was ich ihnen vorenthalte. Ich weiß, warum ich sie sehen muß. Ich weiß alles. Ich weiß auch, daß die Qual des Wissens mich nie verlassen wird.

Im April erneut in Szigliget; der alte Ort, das alte Zimmer. Als ich den oberen Spazierweg betrat, schlug mir der Blumenduft entgegen und mit ihm die alte, alte abendliche Wehmut ... Das

Ganze dauerte nur einen Augenblick, und schon verwandelte sich die Nostalgie in ein Déjà-vu … Als wäre ich hier schon einmal gegangen. Als hätte ich in diesem Zimmer gerade *Die Geburt der Tragödie* übersetzt, die ersten Sätze von *Kaddisch …* geschrieben, als hätte ich hier (vor 18 Jahren weniger einen Monat) jenes Gewitter erlebt, von dem in *Kaddisch …* die Rede ist und in dessen rötlichen Blitzstrahlen ich gleichsam meine künftigen Werke erblickte; in einem Licht, das den Blitzstrahlen glich, schienen sie auf und verlöschten, um später im Wechsel von Inspiration und Depression – gleich den Lichterscheinungen des Gewitters – eins nach dem andern zu entstehen. Als hätte ich hier – für mich selber unerwartet – das Haar der Schweizerin gestreichelt, an der ich mich eines langen Nachmittags wunderbar für eine arg verpfuschte Sache rächte, die ich damals, mit der transzendenten Höflichkeit des Betrogenen, «Liebe» nannte – und so weiter. Alles ist da, aber alles ist anders, auch ich. Das Menschenleben hat Perioden, wie die Erde geologische Zeitalter: die brodelnden Lavaströme, dann die Eiszeit, Sintflut, Steinzeit, Bronzezeit, Eisenzeit … Mein erneutes Hiersein ist ein seltsames Spiel mit der Zeit. Es hat keinen tieferen Sinn, keine geheime Bedeutung. Ich möchte nur ein wenig an meinem Stück arbeiten, abgeschirmt, ruhig, weitab vom tobenden Irrsinn der Stadt. Im Park habe ich einen Hirsch gesehen, der die frischen Rosentriebe und -knospen fraß.

Mein Stück – von jetzt an muß ich mir das ständig vor Augen halten – handelt von Auschwitz' Sieg, weil «der Geist der Geschichte», die Welt als Geschichte ebenfalls davon handeln.

Schriftstellergeplauder im Gemeinschaftsraum: einsame Raubtiere kreisen um die leeren Schüsseln.

Der wüste Park. Vor meinem Fenster der Strauch mit den nadelförmigen Blättern; einst strotzte er vor Kraft und wuchs wie lodernd empor, so daß ich ihn jahrelang «grüne Flamme» nannte, jetzt aber ist er ausgetrocknet, schlaff und welk.

Der vage Eindruck, von meinen Zunftgenossen kalt berührt zu werden. Als hörte ich hinter meinem Rücken vorbeihuschende Reptilien, doch wenn ich mich umdrehe, verschwinden sie oder verziehen ihren Krokodilrachen rasch zu einem Lächeln. Sie drücken mir eine Kritik in die Hand, und ich kann nicht entscheiden, ob aus Boshaftigkeit oder reinem Wohlwollen. An einer markanten Stelle bezeichnet diese Kritik mich als «ungarischen Schriftsteller». Frage: Warum muß man mich einen «ungarischen Schriftsteller» nennen, wenn ich meine Geschichten doch (größtenteils) in einer ungarischen Umgebung ansiedle und (immer) auf ungarisch schreibe? Wozu diese fast provokative Feststellung: «ungarischer Schriftsteller»? Offenkundig, weil ich keiner bin. (Offenkundig, weil sie mich nicht für einen solchen halten.) Für mein Ohr jedenfalls ist diese Aussage, diese Wortverbindung nicht mehr als ein Gaumen-, Kehl- oder Zungenlaut. Einen Wahrheitswert, wie Wittgenstein sagen würde, hat sie nicht. Was sollte diese Aussage schon bedeuten? Etwa folgendes: Man möge mich, obwohl ich kein «ungarischer Schriftsteller» bin, als «ungarischen Schriftsteller» anerkennen und annehmen. Dies ist jedoch keineswegs mein Wunsch (man hat mich ja nicht einmal gefragt), vielmehr der Wunsch des Verfassers; und meist wird er von Leuten geäußert, die selber (natürlich zusammen mit ihren Problemen) irgendwo als irgendwer anerkannt und angenommen werden möchten, hier vermutlich als «Ungarn» (obwohl überhaupt nicht klar ist, was und wen der Begriff genau meint). Was mich betrifft, so habe ich meinen spezifischen Status längst akzeptiert und seit der neuesten Zeitrechnung nicht nur erneut akzeptiert, sondern zugleich *gewählt*: Aus bestimmten Gründen gehöre ich nicht hierher (kann ich nicht hierhergehören), zum größten Teil schreibe ich nicht für jene, deren Sprache ich spreche (kann es nicht), und irgendwie tut es mir gut, dies so klar zu formulieren, nachdem ich (in einer andern Situation, unter Hammer und Sichel, wo ich sogar das trübe Spiegelbild nur durch einen Spiegel wahrnehmen konnte) meine wahre Lage lange sozusagen metaphysisch umschreiben mußte, als die eines Fremden in der Welt usw. Das stimmt schon, bloß: die «Welt» (die mich umgibt) ist Ungarn, und der wahre Name meiner «Fremdheit» heißt Judentum; damit aber ein Jude heutzutage (und dieses Heutzutage dauert nun schon gut sieben Jahrzehnte) als Ungar akzeptiert wird, muß er bestimmte Bedingungen erfüllen, die

– um es kurz und bündig zu sagen – im wesentlichen zur Selbstverleugnung führen.

Das Leben ist nämlich entweder Demonstration oder Kollaboration.

M.s Fähigkeit, glücklich zu machen – das außergewöhnlichste aller Talente … Rasch ziehe ich meine Hand zurück, wenn sie mich am Glück teilhaben lassen will, doch sie zwingt ihre Finger zwischen meine und schmuggelt so ihren Schatz in meine Hand; ich halte ihn erschrocken, fürchte, ihn anzuschauen, fürchte, daß er unter meinem Blick zerfällt … – Der unverhoffte Zauber verlassener Nebenstraßen; nach einer Steigung taucht völlig unerwartet ein märchenhaftes Dorf vor uns auf, mit leuchtenden, schneeweißen Säulenarkaden und roten Ziegeldächern. Namen wie: Nemesvita, Nagyvázsony, Vöröstó; schläfrig-zeitlose Stimmung, Glockengeläut, ein Obstgarten, ein Hund, der uns hinterm Zaun ankläfft, eine dunkelgekleidete Frau auf der Dorfstraße. Sanfte Gegend, lichter, verträumter Bakonywald; und plötzlich tut sich der Horizont auf, und unten erstrahlt ein gelbes Rapsfeld im Sonnenlicht.

Nicht Gott, nicht der Mensch, nicht die Gesellschaft, nicht ausgetüftelte «Pflichten» – einzig das Bewußtsein des Todes verpflichtet uns zu profundem künstlerischem Schaffen.

Ende Mai. Gestern noch habe ich im Americain Café an der Amsterdamer Leidse Pleinen Kaffee getrunken. Die van Goghs und Rembrandts. Plötzlich hat man, beim Betreten eines Raums, die *Nachtwa-*

che vor sich. Das Selbstbildnis mit Turban, als Apostel Paulus. Die rissige Gesichtshaut, die großporige Nase, der skeptische Blick, die hochgezogenen Augenbrauen, die gerunzelte Stirn: dieses Gesicht kann man nie mehr vergessen. Die portugiesische Synagoge (hier «Esnagoga» genannt). In einer Amsterdamer Kneipe habe ich Genever getrunken, den Wacholderschnaps, der in Camus' Roman *(Der Fall)* die Hauptrolle spielt; zwischen den Messinghähnen, der Theke, den an Bilder von Cézanne gemahnenden traurigen Flaschen schenkt die füllige blonde Wirtin Getränke aus, neben ihr, in einem großen Käfig, trippelt und lärmt ein Kakadu. Amsterdams Häuser, Amsterdams Mythos, Amsterdams Geschichte, der «protestantische Geist». Durch das Fenster meines Hotelzimmers sehe ich auf die schmalen Puppenhäuser auf der andern Seite des Kanals, auf die vorhanglosen Fenster, ich kann in die Küche hineinsehen, darüber ein Schlafzimmer, ein kleines Büro, ein winziges Wohnzimmer (vermutlich scheint es nur winzig). Abends um halb zehn bricht zwischen den behäbigen flämischen Haufenwolken plötzlich die Sonne hervor. Das Bordellviertel. In einer engen Gasse eine undurchdringliche Menge vor den Schaufenstern mit den Mädchen: Gedränge, Schreie, Schwüle, das Vibrieren der Leidenschaft; dann greift eine Hand plötzlich nach einem Hals und drückt einen Männerkopf mit bräunlichem Teint an die Hauswand; nun hagelt es Fausthiebe, über das zuckende Gesicht fließt Blut. Ja, auf diese Szene lief hier alles hinaus, die Vorgeschichte mußte in diese Fausthiebe münden, und offenkundig nicht nur heute, sondern jeden Abend. Trotzdem läßt die seltsam rauhe Schönheit dieser dämmrigen Gäßchen, dieser sonderbar geformten Häuschen, dieser kleinen Brücken mit den roten Laternen, dieser wimmelnden Kais all dies annehmbar erscheinen, verklärt es mit ihrem Zauber.

Seither spukt ständig ein Zauberwort, ein Hexenspruch in meinem Kopf herum: «die westliche Kultur ...» Heute nur noch ein Zauberwort – Gewoge einer gesichtslosen Masse in einem immer noch Europa genannten Museum –, doch wieviel Vergangenheit verbirgt sich dahinter, wieviel atemberaubende Schönheit, wieviel Verklärung des Lebens, unseres Lebens, wieviel Tapferkeit, Wahrheit, Größe und Kraft ... Da taucht Kapitän Cocqs Kompanie flink und mit neugierigem Tatendrang aus dem Dunkel auf – für einen Augenblick nur: sie kommt mit ihren Laternen aus dem Dunkel und kehrt gleich wieder ins Dunkel zurück, um seine Tiefen zu erkunden, um ihre endlose Nachtwache fortzusetzen, die heute ein Ende gefunden hat. «Und trotzdem» – wie der greise Oedipus sagt; trotzdem geht mir das Zauberwort nicht aus dem Sinn; jetzt verbinde ich damit zwei Werke, *Die Nachtwache* und das Quartett op. 132 in a-Moll ...

Die Erinnerungen sind wie verwahrloste herrenlose Hunde, sie umringen und starren einen an, sie hecheln und heulen zum Mond, du möchtest sie verscheuchen, aber sie weichen nicht, gierig lecken sie deine Hand, und hast du sie im Rükken, beißen sie zu …

Die Bilder des verflossenen Sommers, als wären es Notizen auf den abgefallenen Blättern, die der Wind vor meinem Fenster hochwirbelt …

Plötzliche Dunkelheit an einem heißen Abend, unterhalb der Wälder, auf der Straße nach Zugliget. Wie mich Einsamkeit und Beklemmung befielen. Hinter den Zäunen das unheilverkündende Gebell der Hunde; irgendwo das schnelle, böse Geknatter von Luftgewehren. Sie üben. Wer? Warum? Was für Feinde umgeben uns?

Die alte Frau, die mich auf der Városmajor-Promenade ansprach: wo das János-Krankenhaus sei. Die Frage war überflüssig (denn augenscheinlich wußte sie es genau). Ihre Augen, diese eingefallenen Augen, die das in ihrem Innern tobende Chaos widerspiegelten, im übrigen aber vollkommen gleichgültig auf die sogenannte reale Welt blickten, nicht zuletzt auf mich. Sie trug gute Kleidung, hatte ein gepflegtes Äußeres und auf dem Arm eine tiefe Wunde, auf der das Blut schon geronnen war; keine gefährliche Wunde, doch die verräterische Spur einer unsicheren, hilflosen Handlung, einer halbverrückten Hantierung in der einsamen Wohnung.

Als ich im Armsessel Hesses *Demian* lese, greift meine Hand plötzlich nach einem kleinen Quittungszettel und kritzelt rasch folgendes darauf: «Erschreckend, wie wenig mich das Wesen, das ich bin, interessiert.» Ich erhebe mich, trete ans Fenster: unten auf der Straße führt ein Hund einen andern, und ich kann nicht unterscheiden, wer von beiden der Besitzer ist.

Ich begegne meinem Türnachbarn, den ich seit Jahrzehnten kenne, und plötzlich fallen mir sein verändertes Gesicht, seine Blässe, seine seltsam vergrößerten Zähne auf; er redet Unsinn, und entsetzt stelle ich fest, daß er sich anders als bisher bewegt, mit kleinen tapsigen Schritten. Der Verlagsleiter empfängt mich in Shorts und verschwitztem Polohemd in seinem Büro, und während er – wie man so sagt – mit mir verhandelt, springt er jede Minute auf und stürzt aus dem Zimmer, oder jemand kommt unangemeldet herein, teilt ihm flüsternd, ohne mich auch nur eines Blickes zu würdigen, eine offenkundig wichtige Nachricht mit, und er antwortet, indem er unser Gespräch mitten im Satz unterbricht. In der Straßenbahn die drückende Hitze, die wahnsinnigen, stumpfen oder brutalen Gesichter, die junge Frau mit hochgerutschtem Rock, die kokett «ihre Lippen befeuchtet», wobei ihre leicht violette Zunge einem aufgequollenen Blutegel gleicht. Im Nachbarland mordet, vergewaltigt einer den andern. Aus Afrika erreichen uns Bilder, die an Auschwitz erinnern, russische und ungarische Agenten laufen mit Atombombenteilen in ihren Taschen herum, und während sie von ihren Auftraggebern das Honorar für ihren Schmuggel entgegennehmen, werden ihnen Lenden, Nieren und Milz vom Plutonium in ihren Gesäßtaschen zerfressen.

Der Zeitgeist ist das Weltende. Ich werde einen Erzählungsband zusammenstellen mit dem Titel «Weltendgeschichten».

Der einzige große Inspirator und Inquisitor eines jeden Werkes ist die Todesangst.

4. Juli: Ob strahlender Sonnenschein oder sternklare Nacht, zwischen Mattersburg und Tatzmannsdorf rast unser Auto dahin, M. und ich sitzen abwechselnd am Steuer, und triumphal erklingt die Waldstein-Sonate ...

Aus dem Notizheft: «Seit drei Jahren, seit der *Englischen Flagge*, habe ich kein narratives Gebilde mehr zustande gebracht. Als würde ich neuerdings lieber an österreichische und schweizerische Seen fahren, als Reisen ins Seeleninnere zu unternehmen ...»

Ein auflösbarer Widerspruch.

Wenn mich dennoch böse Vorahnungen in bezug auf mein Leben heimsuchen, muß ich wissen, daß das nicht Todesangst ist, sondern deren genaues Gegenteil: existentielle Zerstreutheit. Immer wieder vergesse ich den Tod, und das wirft Schatten auf den Ernst meines Daseins. Ist meine Existenz nicht unerhört, ist sie nicht der Rede wert.

Im milden Spätsommer mit A. und Esterházy in

Salzburg. Lesungen. Dann mit A. am Traunsee. Balkon auf den See. Wie immer wir es betrachten (und obwohl Nachsaison ist): dies ist ein Luxushotel, ein liebevolles Geschenk für A., ermöglicht durch die verblüffenden Wendungen in meinem Leben. A. nimmt es bedächtig an, mit der Melancholie und unbestechlichen Zurückhaltung der Verspätung, so wie es ihr die Treue zu den nicht wiedergutzumachenden, bitteren Jahren auferlegt; und mich packt Entsetzen, weil ich sozusagen greifbar etwas Unabänderliches (womöglich Schicksalhaftes) spüre: daß der Mensch sich schließlich dem Starrsinn der Dinge beugt und damit seinen eigenen Untergang befördert …

Lebe so, als ob jeder deiner Schritte von Segen begleitet wäre. Du kannst auch wie ein Verfluchter leben. Aber dann wirst du zum Verfluchten werden. Doch wie dem auch sei, die Tatsache, daß du leben und arbeiten konntest, war an sich schon ein Segen; war ein Segen, weil du auch in deiner Verfluchtheit imstande warst, die großen Chancen des Lebens wahrzunehmen.

Wenn stimmt, was Camus sagt: daß das Glück eine Pflicht sei, dann kann diese Wahrheit nur Bestand haben, wenn wir klären: eine Pflicht *gegenüber wem*? Gegenüber uns selbst, unsern Mitmenschen oder Gott?

Zu klären wäre auch die Beschaffenheit des Glücks. Wenn dein Beruf – nein, lassen wir diesmal das Understatement: wenn deine Leidenschaft die Schilderung menschlicher Befindlichkeit ist, mußt du dein Herz all dem Elend öffnen, das diese

Befindlichkeit in sich birgt; dennoch kannst du dich der sogenannten Schaffensfreude, wenn der Bleistift übers Papier eilt, nicht verschließen. Bist du also ein Betrüger? Zweifellos; doch jedes große Abenteuer enthält den Befehl, daß du dich hingibst, daß man von deinem Fleisch esse und von deinem Blut trinke ... Am schlimmsten sind die kleinlichen Störungen des Alltags: sie strafen alles Lügen. Nur nicht aus dem Festglanz heraustreten – oh, der Schrecken der Langeweile: die Langeweile ist Sünde.

Ist deine Existenz nicht unerhört, ist sie nicht der Rede wert.

Die von Platanen gesäumte provenzalische Landstraße. In Avignon die in den Fels gehauenen steilen Gäßchen, der heulende Mistral und ein Hotel für Phäaken, das Mirande; auf dem Felsvorsprung vor der Kirche das gebieterisch aufragende, mächtige Kreuz, die kleine mittelalterliche Brücke über die Rhône, der unvermindert tobende Sturm. In Cannes Abendspaziergang unter den Palmen; in dieser Kitschwelt von Hotels, Springbrunnen und Meeresbrandung strecke ich dem sternenübersäten subtropischen Himmel die Zunge heraus ... Doch hinter unserm Hotel laufen Straßen kreuz und quer über den Hügel, und ich stelle mir vor, daß man zwischen diesen lieblichen Kulissen im Grunde auch *leben*, wohnen, arbeiten, sich ergötzen und sterben könnte. Am Tag zuvor die roten Felsen an der Küstenstraße von St-Sébastien nach Cannes. Die Gespräche mit M. im Auto. Paris. Die Stadt ist mir so «heimisch», daß ich – obwohl ich zum ersten Mal hier bin und kein Wort Französisch verstehe – ohne weiteres zu unserm Hotel in der Nähe des Boulevard de Courcelles finden könnte, wenn M., die am Steuer sitzt, es nicht vorzöge, sich auf die zweifellos fundierteren Ortskenntnisse eines Taxichauffeurs zu verlassen.

Als wir am Stadtrand von Avignon die Ausfallstraße suchten, gerieten wir mit unserm Mietauto mit deutschem Nummernschild in eine enge Straße, wo vermutlich Fahrverbot herrschte; plötzlich schlug etwas hart aufs Wagendach, und jemand schrie mit furchtbar haßerfüllter Stimme und stark französischem Akzent: *«Weg von hier!»** Nach dem Schrecken begreife ich: ein schlichtes Mißverständnis, die Stimme war die eines französischen Germanophoben, der mich, den hergelaufenen Budapester Juden, als vermeintlichen Deutschen am liebsten in ein von ihm ausgedachtes französisches Inferno verbannt hätte. Aus einem verfolgten Juden wurde ich also innerhalb von Sekunden zu einem verfolgten Deutschen – so ist diese Welt, sie rächt sich immer an sich selbst, wenn sie sich rächt.

Im Hotel in Paris fragt M., wie lange Frühstück serviert werde. «Den ganzen Tag, Madame!» lautet die Antwort, und plötzlich glauben wir uns in den Pariser Romanen von Szomory oder, besser noch, Vaszary.

Vesper im Tal von Chamonix. Es wurde Abend, die Luft war scharf … und würzig. Inmitten der

* Im Original deutsch

einsamen Wälder, Täler und Bergrücken ein seltsamer runder Glasbau, irgendein Museum. Sonst niemand, nichts. An einem Steintisch aßen wir Brie und Kekse vom Vortag und tranken hiesigen Rosé dazu. Ich fror. M. gab mir ihren Pullover, sie genoß die Kühle, ihr Gesicht strahlte. Beim Essen überlegten wir, wie weit wir noch fahren müßten und wo wir übernachten könnten. Die Schatten wurden düster und nahmen immer dunklere Farben an, während oben auf dem Berg die Bäume noch besonnt waren. Ich dachte nicht darüber nach, aber ich glaube, ich war glücklich. Hier am Fuß des Montblanc spürte ich, daß meine sechzigjährige Isolation und Häftlingsexistenz durch eine solche Reise eher vollendet als in Frage gestellt wurde. An der Schwelle zu einer andern Daseinsform begriff ich die Schärfe der Trennlinie zwischen Damals und Heute, begriff ich, daß der Abgrund zwischen mir und mir so tief ist, daß er sich nur mit größter Anstrengung überbrücken läßt. Als stünde ich am Rande eines verheerenden Waldbrandes und müßte den Schaden, den Gewinn abschätzen; abschätzen, was ich bislang erreicht habe und wo ich fortan die kreativen Energien herholen soll. Ich weiß, daß mich Trivialitäten in Versuchung führen werden, vielleicht auch die Sorglosigkeit des Rausches, der so leicht mit Glück zu verwechseln ist, und vielleicht werde ich vom Leben fortgerissen werden, wie ein kielloses Segelboot von den Fluten. Ich begriff, daß das Glück – mein Glück – das Gegenteil von Leichtigkeit ist. Das Glück – mein Glück – ist die Leichtigkeit der

Last, der Rausch des Rausches, wenn für einen flüchtigen Moment die bestürzende Tatsache des Seins auf die Bilder des Lebens übergreift und diese mit den wahren Farben färbt.

Die Bilder des verflossenen Sommers …

Es ist kalt geworden.

In der kühlen Oktobersonne bin ich die Straße nach Zugliget hinuntergegangen. Eine alte Frau stand auf dem Gehsteig, mit strahlendem hebephrenem Lächeln, als wartete sie auf mich. Auch ich lächelte ihr zu, sie hatte winzige, lebhafte blaue Augen. «Wie heißen Sie?» fragte sie. Ich spürte, daß es mir peinlich war, meinen Namen auszusprechen, als würde ich etwas Unschickliches aus der Tasche hervorziehen. «Kennen Sie mich vielleicht?» fragte ich. Sie nickte lebhaft, lächelte und sah auf meine Hände. «Die Handschuhe», sagte sie. «Brauchen Sie die?» Ich glaubte zu verstehen, was sie wollte, zog meine Handschuhe aus und berührte sie, nahm für einen Augenblick ihre Hand in meine. Ihr Gesicht strahlte vor Freude. Dann ging ich leicht beschämt davon, wie ein Guru, der gerade jemanden vom ewigen Leben überzeugt hat, obwohl er weiß, daß in seinem Körper der Tod nistet.

«Verstehen wir je, was wir denken?» (Jung)

Verstehe ich je mein Leben? Kann ich es verstehen? Alles spricht dagegen: das in mir wurzelnde fremde Ich, der sich selbst rechtfertigende Moralist, der lügnerische Fabelproduzent.

Hannah Arendt behauptet, die einzige Motivation für ihr Schreiben sei: etwas zu verstehen.

Doch überläßt sie uns dem Dämmer des Wortes «verstehen».

Verstehen heißt in Wirklichkeit soviel wie: in Besitz nehmen (sonst wäre es nicht so wichtig).

Gibt es eine Art des Verstehens, bei der ich nicht besitzen, nicht mich bemächtigen will? Zum Beispiel: indem ich mich in eine Erzählung hineinbegebe, dort in einen Hinterhalt gerate und gefangengenommen werde ...

Ist mein Leben nicht eine solche Erzählung? Wie könnte ich diese Erzählung zum Reden bringen? Nur als *erzählbare* Wirklichkeit; als Wirklichkeit keineswegs, es sei denn, ich finde ihren geheimen Sinn, die Triebfeder des Marionettenspiels. Diese Erzählung würde dann von jenem ständigen Kampf handeln, der einst unmerklich, wie ein sich entfaltender Urkeim, von mir Besitz ergriff, damit ich aus den bodenlosen Tiefen des Seins an die Oberfläche des Bewußtseins gelangte und mit diesem neuen Bewußtsein das Sein (mein Dasein) annähme. Ganz klar: das Erreichen dieses kritischen Punktes, wo das durch mich existierende Bewußtsein und das von mir aufrechterhaltene Sein zusammenfallen, bedeutet für mich, den ewig Kampfversehrten, poetisch gesprochen ein ständiges Unterwegssein zu den immerfort in der Ferne blauenden Gipfeln; doch wenn ich einmal glauben sollte, ich hätte das Ziel erreicht, würde mein Bewußtsein wie mein Sein vor dieser schrecklichen Harmonie vergehen. Mit andern Worten: Mein Leben ist ein harter Kampf um den Tod, und in diesem Kampf schone ich sichtlich weder mich noch die andern. Alles Weitere sind Details, ich kann anfangen, wo ich will; es reicht, wenn ich Notizen mache zu den Notizen zu einem künftigen Roman, Merkzeichen für ein alleiniges Gedächtnis – das meine –, das im Augenblick noch nicht bereit ist, sich dem versteinerten und universalen Gedächtnis zu öffnen: der Form.

Im Sommer, als wir aus Österreich zurückkamen, wollten wir den Ort besichtigen, wo mein Vater starb: M. bestand noch mehr darauf als ich. Wir passierten Sopron, dann kam zur Linken Sopronkőhíd, eine nicht enden wollende Gefängnisstadt, grau, bedrückend, unvergänglich. Schließlich gelangten wir an einen Ort, wo weißer Staub in der Luft lag und die Menschen in elenden Buden Bier tranken. Hier begann eine Steinwelt, weiße Kiesel, weiße Steine, weiße Felsen im harten Licht des Sommerabends. Auf einem Plakat war eine Operette angekündigt. Hinter dem Eingang, auf einer Kiesfläche, parkten burgenländische Touristenbusse, schwere, schlurfende Schritte wirbelten trockenen Staub auf, eilten zum Eingang des Höhlentheaters, aus dem schon das Stimmen des Orchesters drang. Eine Art Platzanweiser bat uns um unsere Eintrittskarten. Wir fragten ihn, ob es hier irgendwo eine Gedenktafel gebe. Er war verblüfft: Eine Gedenktafel? Doch versuchte er, uns behilflich zu sein: Eine Gedenktafel an neunzehnhundertsechsundfünfzig? Nein, an neunzehnhundertfünfundvierzig. Da kam ein junger Polizist. Ja, er wisse von einer Gedenktafel, habe sie auch gesehen, doch wo genau, das habe er vergessen. Auch er fragte, um welches Ereignis es sich handle. Um einen Massenmord, sagten wir vorsichtig. Ja, aber wann? wollte er wissen. In den fünfziger Jahren? Oder neunzehnhundertsechsundfünfzig? Oder später? Nein, neunzehnhundertfünfundvierzig. Nun war er völlig sprachlos: Neunzehnhundertfünfundvierzig?! – als würden wir nach irgendwelchen altpersischen Überresten suchen. Wir machten uns auf den Weg in die öde Steinwüste; in der Theatergrotte schmetterte gerade die Ouvertüre los. Vor uns Steinhaufen, Geröllflächen und etwas weiter ein von steilen Felswänden umgebener Kessel. Wir verstummten, denn wir begriffen, daß wir am gesuchten Ort waren. Auf dem beschwerlichen Marsch nach Österreich – möglicherweise auf derselben Straße, auf der wir aus der umgekehrten Richtung, aus einem Heilbad kommend, hierhergelangt waren –, wurden die Todeszüge in dieses natürliche Felsenverlies, vermutlich ihr letztes ungarisches Quartier, getrieben, bevor man sie den Deutschen übergab; von hier aus ging es dann weiter in die Konzentrationslager auf österreichischem Gebiet. Tausende, Zehntausende dürften hier im Winter und Vorfrühling 1945, zwischen den Steinen, in bitterer Kälte haltgemacht haben. Wer am Morgen nicht weiterkonnte – oder -wollte –, wurde in den Höhlen erschossen. Wir sprachen kein Wort, der trostlose Schauplatz verriet alles. Nur hier konnte es geschehen sein, der Genius dieses Ortes war die Salve, die Folter, der Mord. Eine Zeitlang noch suchten wir zögernd nach einem Zeichen, einer Erinnerung, einem Relikt oder wer weiß wonach; wir stolperten zwischen den Felsen, rutschten auf dem Geröll herum. Dann gaben wir es auf und schlenderten wortlos, Hand in Hand, zum Parkplatz zurück, wo uns die schrille Operettenmusik einholte.

Englische Farben im Városmajor. Ein nebliger Dezembermorgen, von der Promenade sieht man hinunter auf den tiefer liegenden braun-rot-gelben Park, wo zwischen den kahlen Bäumen große, hellbraune Setter durch das braune Laub rennen, flink, graziös, stumm.

Man wird das Gefühl nicht los, daß das Leben nicht primär eine *organisch zusammenhanglose* Masse von Phänomenen ist, wie es den Anschein macht, sondern daß es eine *Transzendenz* hat.

Lies den *Baumeister Solness*, um zu sehen, was aus den Symbolen geworden ist. Der Kirchenbau ist kein Symbol mehr.

Gibt es noch gültige Sinnbilder? Die moderne Mythologie beginnt mit einem gigantischen Negativum: Gott hat die Welt erschaffen, der Mensch hat Auschwitz erschaffen.

Ich stelle mir eine Theologie vor, die sämtliche schlechten Erfahrungen der Schöpfung zu einer *Wissenschaft* zusammenfaßt, deren Sprache jedoch von einem *göttlichen Stil*, von einem metaphysischen Kontrapunkt geprägt ist, aber nur rhetorisch, nicht argumentativ.

Was sollen wir mit dem «Vorwurf» anfangen, die Juden hätten sich nicht gegen ihre Deportation nach Auschwitz gewehrt? Auch Christus hat sich weder gegen seine Geißelung noch gegen seine Kreuzigung gewehrt. Es mußte geschehen, und weil es geschehen ist, vergeht es nicht. In diesem Sinne glaube ich, daß weder das Kreuz noch Auschwitz *vergänglich* sind.

Ist das «aufklärerisches» Denken? Ich weiß es nicht, doch für den Künstler ist es fruchtbar, weil es ihm die Perspektive eines guten Stils eröffnet.

Nur der Glaube ist Wirklichkeit. (Auch der Irrglaube.) Nur der Glaube erschafft Wirklichkeit. (Auch der Irrglaube.)

«Es herrschte solch höllische Hitze, daß in den Gärten das Wehklagen der Blumen zu hören war und die Männer schwanger wurden. Einer von ihnen gebar Adolf Hitler» (Kazimierz Brandys: *Charaktere und Schriften*). Aus demselben Buch: «Anfang des 17. Jahrhunderts versammelten sich in Wilna mehrere Dutzend der bekanntesten aschkenasischen Rabbis, Weise der Initiation und Erforscher der Kabbala. (...) Die Rabbis berieten sich dreißig Monate lang, dann fanden sie die Antwort. Sie war verblüffend: ‹Es besteht nicht der geringste Zweifel daran, daß es besser wäre, wenn die wirkliche Welt, von deren Existenz wir Kenntnis haben, nie erschaffen worden wäre. Und ohne Zweifel wäre es für die Menschheit am besten, sie würde aussterben und sich im Unendlichen auflösen.›» – Diese Antwort gleicht auffallend derjenigen von Silenos, die König Midas von ihm erpreßt hat: «... am besten wäre es für dich, nie geboren worden zu sein, *nichts und niemand* zu sein. Am zweitbesten aber wäre es für dich – möglichst bald zu sterben.»

Der Augenblick, der offenbar jeden Sterbenden ereilt: wenn auf seinem Gesicht plötzlich ein jähes Staunen erscheint. Anwesende sehen es zwar, können das Staunen jedoch kaum verstehen, das den Sterbenden in fast bewußtlosem Zustand überrascht. Er scheint etwas zu erfahren – etwas Nichtwiedergutzumachendes, etwas Furchtbares, dem gegenüber er machtlos ist, womit er sich vier-fünf-sechs-sieben-acht Jahrzehnte, sein ganzes Leben lang betrogen hat. *Dies* dürfte der Schrecken des Todes sein, diese Bestürzung, wenn der Mensch seiner ganzen Verlorenheit inne wird – und nicht der Tod selbst, der ihn schließlich auslöscht, zusammen mit seiner Angst.

Man müßte jenes Gefühl der «Dunkelheit» analysieren, welches uns das Leben als Flamme erscheinen läßt (eine der ältesten Metaphern): Denken wir an das Dunkel der Toten und der Ungeborenen? Oder handelt es sich dabei bloß um Analogie, ein Vergleichssystem der Lebenden, um schiere Psychologie, um Todesangst, Bewußtseinstrübung, Umnachtung, Sinnestäuschung? Jedes dieser Worte verweist auf eine andere Welt. «Sinnestäuschung»? Eine Täuschung in bezug auf was? Was ist das für eine Substanz, die von unsern Sinnen falsch wahrgenommen wird? Die Sprache verweist auf etwas, was die Erkenntnis nicht nachzuvollziehen vermag. Ist die Sprache also auch Sinnestäuschung? Seltsam: in meiner Jugend konnte ich die radikale Erkenntnis, daß ich von nirgendwo komme und nach nirgendwo gehe, ohne weiteres akzeptieren. Aber je länger ich lebe, desto unzulänglicher erscheint mir dieser Radikalismus. Je länger ich lebe, desto deutlicher sehe ich, daß dieser Radikalismus nur eine mögliche *Lebensform* ist und daß noch zahllose andere *Lebensformen* denkbar wären. Indes betrachte ich es als Tatsache, daß wir in einem System leben, und dieses System betrachte ich als System der Analogien, als Labyrinth, als ein Labyrinth freilich, das letztlich geplant wurde. Und auch wenn es nicht unbedingt von *jemandem* geplant wurde, kommt es mir doch geplant vor (obwohl ich die Entwürfe nicht kenne, sowenig wie mich selbst). Und nun können wir unsere bereitstehenden Begriffe hervorholen: Gott, das Absurde, die Katastrophe, die allgemeine Relativität, wie es beliebt ... Für den Menschen – nein: für mich ist dies aber, solange ich lebe, ein Wertproblem, im Sinne einer Auf- oder Abwertung meines Lebens, genauer einer Wertdefinition, von der ich dann abhängig mache, was ich mit diesem Irrlicht, meinem Leben, anfangen soll. Ich erinnere mich noch genau, ich war acht oder neun Jahre alt, als ich mir zu Weihnachten (vielleicht auch zum Geburtstag) ein Tagebuch wünschte: etwas prikkelte in mir, und ich glaubte es nur durch eine systematische, minuziöse Tätigkeit ableiten zu können. Meine vage Unruhe rief eine vage Bilderfolge hervor: ich trödle mit etwas langwierig herum, zum Beispiel mit einem Schreibwerkzeug auf dem Papier, und diese einsame Operation beruhigt mich schließlich.

Doch welche Erregung trieb mich um?

Ich bin im Nichts aufgewachsen und habe es von Kindheit an gelernt, mich mit klarem – oder besser praktischem – Verstand ans Nichts anzupassen, mich im Nichts zu bewegen und zu orientieren, als wäre dieses Nichts mein Leben, in dem ich mich zurechtfinden muß, und das fiel mir nicht schwerer als einem Kind das Erlernen der Sprache. Wäre mein kindlicher Glaube an ursprüngliche – dem Ursprung verhaftete – Werte nicht intakt geblieben, ich hätte wohl nie etwas zustande gebracht. Woher aber kannte ich diese Werte, die von meiner Umgebung geleugnet wurden, warum vertraute ich diesen Werten, die im praktischen Leben widerlegt wurden? Mit Vertrauen meine ich hier, daß man auf diese Werte sein Leben baut und dann allein bleibt mit ihnen, wie der Häftling in Einzelhaft, der nicht auf die Gerichtsverhandlung, sondern nur noch auf das Urteil wartet, wobei ein günstiges Urteil schlichtweg die Widerlegung seiner Bemühungen bedeuten kann.

Es bedarf eines äußerst scharfen Auges und eines äußerst flexiblen Geistes, um im Leben irgendwelche Gesetzmäßigkeiten auszumachen; kommt noch leiser Starrsinn hinzu, in dem sich Scharfblick und Blindheit in einem Maße mischen, daß daraus das Spezifische der Begabung entsteht, so *entdeckt* man diese Gesetzmäßigkeiten.

Erzieht uns das Leben womöglich zur radikalen Erkenntnis, daß es sich nicht weiterzuleben lohnt? Ja, so scheint es. Unser Leben ist sinnlos, aber offenbar nur dem Anschein nach, gibt es doch zwischen Leben und Sinn keinen Zusammenhang. Es sei denn, wir selbst sind dieser Zusammenhang. Wir sind Vermittler, die Leben und Sinn verknüpfen, und obwohl wir praktisch auf beiden Gebieten versagen, bedeutet das nichts im Vergleich zu jener außergewöhnlichen Dimension, die von einem jeden Menschenleben verkörpert wird. Vielleicht verwirklichen wir just dann ein Ziel, wenn wir diese Verwirklichung – vor lauter Alltagsaktivitäten – geringschätzen oder gar nicht bemerken, so daß wir – während wir unser Lebensziel verwirklichen – unser Leben für sinnlos halten. Doch was anderes sollten wir tun? Schließlich ist das «Leben» personengebunden; und auch wenn wir zur Einsicht gelangen, daß unser Dasein ein Irrtum ist, können wir – zumindest was unsere Person betrifft – schwerlich im Tod eine würdige Korrektur dieses Irrtums sehen.

Neunzehnhundertfünfundneunzig, nasser, kalter Frühling. «No pasaran» – warum nur kommt mir plötzlich dieser legendäre Wahlspruch in den Sinn? Die Lagerfeuer, die Lieder, die Gesichter der Führer, die eine große Entschlossenheit, eine heldenhafte Notwendigkeit ausstrahlen und die rechtzeitig von der Bühne verschwinden werden, um auf andern Bühnen, in neuen Rollen wiederaufzutauchen – und die vom Rausch benommenen Massengesichter, die bald schon Erde in ihre Augenhöhlen und Münder schaufeln werden.

Auf die dumme Frage, ob ich «einen Unterschied zwischen Faschismus und Kommunismus sehe», könnte ich folgende knappe Antwort geben: Der Kommunismus ist Utopie, der Faschismus Praxis – Parteiwesen und Macht verbinden beide, wobei auch der Kommunismus von Faschisten in Praxis umgesetzt wird.

Abends, als ich den alptraumhaften Moszkva-Platz überquerte, hörte ich von den schlecht beleuchteten Straßenbahnschienen her einen Plumps: ein schwerer Körper schlug zu Boden, der Mann warf die Arme komisch und abrupt in die Höhe, fiel hin und rollte dann mühsam auf den Rücken. Mehrere Personen eilten ihm zu Hilfe (auch ich), von seinem Nasenrücken strömte Blut (auch auf meinen Handschuh). Man half ihm auf die Beine, ich ging weiter Richtung Straßenbahnhaltestelle, doch als ich mich nochmals umdrehte, sah ich, daß der Mann schon wieder auf dem Straßenpflaster lag. Nun beugten sich mehrere über ihn, bald war er ganz umringt, größtenteils von schlecht oder sogar lumpig gekleideten Menschen, und selbst aus der Ferne richteten sich Blicke auf das Opfer, gierig funkelnde Hyänenblicke. Eine dieser hyänenartigen Gestalten, mit dem kräftigen Körperbau eines Raubtiers, das an ausdauernde

Verfolgungsjagden gewöhnt ist, mit nach vorne hängenden Schultern und unverhältnismäßig langen Armen, hatte die Ereignisse bisher nur aus der Distanz beobachtet und ging gerade in dem Moment auf die ameisenhaft wimmelnde Menge zu, als ich in die Straßenbahn stieg. – In meinem Büro in der Török-Straße, in diesen verhängnisvollen 28 Quadratmetern, die A. und mir während 35 Jahren als Wohnung dienten, untersuchte ich meinen Handschuh, auf dessen linkem Daumen tatsächlich ein verschmierter Blutfleck zu sehen war. Noch im Mantel versuchte ich, diesen über dem Lavabo mit kaltem Wasser und einem Schwamm zu entfernen. Was war wohl inzwischen mit dem Opfer passiert? Lag es, völlig ausgeraubt und entkleidet, auf dem Moszkva-Platz? Oder hatte man ihm auf die Beine geholfen und es in eine Straßenbahn gesetzt, wo es dann das Fehlen seiner Geldbörse bemerkte? War es bei Bewußtsein? Wußte es, was mit ihm geschah? Weiß es, daß ich seine Geschichte aufschreibe? Weiß ich, wie egal ihm das ist? Wissen wir um die Absurdität unseres Schicksals, unseres Lebens, um seine schändliche Zufälligkeit, um die schändliche Zufälligkeit eines jeden Augenblicks, an dem wir so schändlich und schwächlich hängen, weil diese absurde Folge von Augenblicken unser Leben ausmacht? Gibt es hier ein seriöses, fundiertes Gegenargument? Ich finde kein einziges …

Im Mai wieder in Berlin. Filmaufnahmen. Über der Gedenkstätte der nazistischen Bücherverbrennung werden meine Bücher aufgebaut und gefilmt. Ich müßte Triumph verspüren. Verspüre keinen.

Münster. Am Turm der wunderbaren Sankt-Lamberti-Kirche hängen merkwürdige Käfige. Es wird mir erklärt, in diesen Käfigen hätte man einst die aufrührerischen protestantischen Ketzer gefangengehalten und gefoltert.

Heidelberg. Mein Gastgeber, ein sympathischer jüngerer Universitätsprofessor, schildert bei Tisch ausführlich den qualvollen Weg der Tiertransporte vom Balkan hierher, nach Norden. Wenn die Rinder schließlich zur Schlachtbank geführt würden, brächen sie unter dem Fleischerbeil (oder dem entsprechenden modernen Mordwerkzeug) von selbst in die Knie, weil sie ihr Los begriffen hätten. *(«Das Urteil kommt nicht mit einemmal, das Verfahren geht allmählich ins Urteil über.»)**

Hamburg: Ich lese meinen Vortragstext, danach tritt aus dem nicht sehr zahlreichen Publikum ein weißhaariger, strahlender Mann in Pullover auf mich zu. Er stellt sich vor: György Ligeti. Für einen Moment versagt mir die Stimme.

Bei Kälte und strömendem Regen fliege ich am nächsten Tag von Hamburg nach Frankfurt; hier irre ich endlos per Bus und zu Fuß auf dem Flughafenareal herum, bis ich schließlich in einen engen, gespenstisch beleuchteten, unheimlichen Korridor gelange, wo zu beiden Seiten Soldaten und Soldatinnen – hübsche blonde Mädchen –

* Im Original deutsch

kaum einen Meter voneinander in einer Reihe stehen, mit gleichgültigem Gesicht, Waffe und Blick nach vorne gerichtet. Es folgt ein trostloser Raum, wo ich aus meinem Koffer jedes einzelne Kleidungsstück herausnehmen und hastig wieder einpacken muß. Verstört, entwürdigt und ergeben mache ich mich zum nächsten Raum auf, wie die Rinder des Heidelberger Professors.

Tel Aviv: vertraute, sozusagen seit ewig bekannte Fremdheit. Doch ist es endlich warm. Das Meer. An der Ecke der Mair Dizengoff und der Rehov Frischmann Street esse ich zu Abend. Der Wirt winkt mich einfach herein. Mit einladender Geste zeigt er auf einen Stuhl auf der Terrasse: «S'il vous plaît, monsieur.» Er versucht französisch mit mir zu sprechen. Das ist schmeichelhaft, aber leider kann ich kein Französisch. Zum Huhn wird die ganze Pracht des Südostens aufgetischt: grüne und schwarze Oliven, Tomaten, Obst, Gewürze, kunterbunter Salat. Beim Anblick einzelner dunkelhäutiger Frauen verschlägt es mir fast den Atem. Orthodoxe Juden, mittel- und osteuropäische Keinerlei-Juden gehen vorbei. Ich versuche zu begreifen, daß hier alle Juden sind, mein afrikanisch aussehender Wirt, das nordisch hochgewachsene rotblonde Mädchen, der alte Mann mit Bart und Peies, der schlurfend des Weges kommt. Schließlich sehe ich nur noch den lärmigen Nachtverkehr, als wäre ich in Italien. Oder in Budapest. Merkwürdige kubische Häuser, Balkone mit Sonnendach, alles ein bißchen schäbig, manchmal erinnert es geradewegs an Újlipótváros.

Ich biege in eine elegante Seitenstraße ein. Palmen, phantastische Pflanzen, schön gebaute Villen, verwahrloste Innenhöfe – alles in bunter Mischung, diese Stadt lebt und läßt leben. Doch das Erlebnis der «Heimkehr» bleibt aus. Im Grunde bleiben im voraus kalkulierte Erlebnisse immer aus. Bin ich also doch kein Jude? Aber was bin ich dann? In Deutschland war ich natürlich noch weniger zu Hause, «zu Hause», in Ungarn aber ist meine Fremdheit deklariert. Die Abreise aus Frankfurt, die wiederholten Durchsuchungen, die um den Flugsteig herum konzentrierten Sicherheitskräfte. Bei der Paßkontrolle gibt es nun schon eine klare Trennung: EU-Bürger nach rechts, Bürger anderer Staaten nach links. Fast durfte ich nicht nach Berlin fliegen, weil sie mein Rückflugticket nicht fanden. Erst als die Bestätigung kam, daß ich das Land via Israel verlasse – mit Sicherheit verlasse –, durfte ich in Budapest das Flugzeug besteigen.

Neben meinem Judentum erfahre ich jetzt auch eine Diskriminierung als Ungar; mit ersterem habe ich keine Probleme, das hat sozusagen Stil; letzteres aber empfinde ich als ungerecht. Es verletzt nicht mein Ungarntum, sondern mein strapaziertes Judentum, weil mich jede Diskriminierung ausschließlich in meiner Eigenschaft als Jude trifft. Vielleicht wird das Identität genannt? Vielleicht bin ich doch ein Jude?

Vollmond in Tel Aviv. Hinter den Hochhäusern des Marriott, Hilton, Sheraton ein einfacher alter Wellenbrecher aus Stein, von dem die Gischt seidig auf mich zueilt und sich an meine Füße schmiegt, wie die Tel Aviver Katzen.

Am nächsten Vormittag in der Schule. Meine Lektorin liest den israelischen Schülern aus dem hebräischen *Roman eines Schicksallosen* vor. Ist auch das nicht ...? O doch. Obwohl die Sprachschwierigkeiten und meine – wie soll ich sagen – Hemmung vor der Unverdorbenheit die ganze Sache erschweren. – Dann nach Beer Sheva. Sanfte, etwas kahle Gegend. Doch ein göttlicher Lichtstrahl, der vielleicht von einem Renaissancebild auf die Landschaft fällt, hüllt alles ein, überzieht es wie mit feinem Lack.

Jerusalem; die arabische Altstadt. Die Farben. Der Ölberg. Die Klagemauer. Flüchtig blicke ich auf ein Straßenschild, die Straße heißt: Via Dolorosa. In der sephardischen Synagoge, dann an der Klagemauer erfaßt mich plötzlich das Gefühl eines großen Bruchs. Das lebhafte Memento an eine – in andern Weltgegenden schon längst verblaßte – mythische Tragödie schwebt hier sozusagen fühlbar in der goldenen Luft. Mit Christi Tod kam es zu einem schrecklichen Bruch im ethischen Gebäude, das – wenn man so sagen darf – der Stützpfeiler der menschlichen Seelengeschichte ist. Worin besteht dieser Bruch? Darin, daß die Väter ihre Kinder zum Tode verurteilten. Das hat keiner jemals verschmerzt. Damit dies jedoch zum Weltereignis werden konnte, bedurfte es natürlich der einzigartigen ethischen Genialität des jüdischen Volkes. Die Strafe, die schreckliche Strafe, die das jüdische Volk für immer auf sich lud, hat durch diese Wende einen besonderen Sinn bekommen. Man könnte die Linie von Christus zu Auschwitz ziehen, doch darf man sich solcher Mystik nur für einen Augenblick hingeben, und nur, um die bodenlose Tiefe der menschlichen Geschichte zu ermessen, die außergewöhnliche Aktivität des Lebens, die sich als Wirklichkeit kaschiert, Kreativität und Destruktion, die pausenlos am Werk sind. Dieser Auffassung zufolge ist Jesus nicht der Sohn Gottes, sondern der Sohn des *Vaters*. Kafkas Erzählung *Das Urteil* weiß einiges über diese Beziehung ...

Am Nachmittag führt mich mein Schriftstellerfreund Appelfeld ins orthodoxe Viertel. Wir schauen in verschiedene Synagogen hinein. Es ist Samstag abend, eines der Gebetshäuser ist mit Männern und Kindern überfüllt. Sie essen, beten, singen. Frauen haben hier keinen Zutritt. Ein Porträtmaler könnte schwelgen in diesen Gesichtern, Bärten, Gewändern. Eine Geruchskunst existiert nicht, doch könnte man auch auf diesem Gebiet etwas Interessantes hervorbringen – eine nostalgische Duftmischung, dominiert von Vanille und dem Geruch staubiger Gebetbücher. Appelfeld sitzt reserviert neben mir, auf einer Art Sitzbank, ohne jedoch sein tiefes Zugehörigkeitsgefühl zu verheimlichen. Freilich sitzt er in Hemdsärmeln da, mit glattrasiertem Gesicht und einer Hamburger Mütze, ich aber trage meinen weißen Leinenhut aus Venedig. Mehrere Blicke sind auf uns gerichtet. Ich bange ein wenig. Ein sehr hübscher und sehr mürrischer Mann, dessen pechschwarzer

Bart schon ins Weißliche spielt und der mehrmals an unserm Platz vorbeiging, als würde er uns nicht bemerken, stellt uns plötzlich, fast grob, zwei Gläser Tee hin. Er sagt kein Wort, dreht sich wieder um und drückt uns rasch noch zwei Semmeln in die Hand. Wir sitzen da, sehen den Betenden, Redenden, Essenden zu. Verlassene, isolierte Menschen bewachen hier – ich weiß nicht, was. Vielleicht wird eines Tages der säkularisierte jüdische Staat der jüdischen Lebensform, der archaischen, der *Galut*, der Lebensform des mittelalterlichen europäischen Judentums, den Todesstoß versetzen. Appelfeld zeigt mir das Fenster jenes Zimmers, das er vor dreißig Jahren bewohnt hat: er war bei einer fünfköpfigen Familie eingemietet und kam so der orthodoxen Lebensform nahe – wohl eher der Lebensform als dem Glauben. Jedenfalls stelle ich mir das so vor, wissen kann ich es nicht. Ich höre ihm zu und bin verlegen. Ich spüre eine linkische Schüchternheit unter diesen Menschen – nicht mehr und nicht weniger übrigens als sonst unter Menschen. Ich bin ein anderer Jude. Was für einer denn? Ein Keinerlei-Jude. Schon seit langem suche ich weder Heimat noch Identität. Ich bin anders als sie, anders als die andern, anders als ich. Bei den Orthodoxen waren nicht die Orthodoxen das Erlebnis, sondern Appelfeld. Appelfeld mit seiner kühlen Fremdenführerstimme, die manchmal jäh versagte, mit seiner Brille, deren Gläser sich von Zeit zu Zeit trübten, so daß er sie sorgfältig putzen mußte ... Wir übten uns in Kameradschaft und wurden Freunde; so wie wir uns auch mit Iris Murdoch und John Bailey befreundeten, diesem wunderbaren alten Paar, das einem Stück von Beckett entsprungen schien. Wir schlenderten zusammen auf der Festung Massada umher; Johnny mit seiner abgetragenen Stoffmütze, unter der sein Haar besenartig abstand, in Strickweste und zerschlissenem Sakko, ging bei 37 Grad Celsius unerschütterlich über die glühenden Felspfade, neben ihm die hitzegerötete Iris, die nur darauf wartete, daß sie ihr Badekleid aus der Tasche kramen und in irgendein Wasser springen konnte. Wir unterhielten uns über tiefsinnige Dinge, ohne daß wir gegenseitig auch nur ein Wort verstanden. – Später wieder in Tel Aviv, dieser nunmehr vertrauten, aufregenden Stadt. Mittagessen und Kaffee auf einer Terrasse im Freien. Dann setze ich mich ans Meeresufer, das Meer ist meerfarben, heute etwas bewegt, weiße Schaumkronen eilen auf mich zu, am Horizont die düsterbedrohlichen Umrisse eines Schiffes, unweit davon ein munteres Segelboot. Morgen früh fliege ich nach Hause zurück, in Budapest ist offenbar acht Grad und strömender Regen. Es fällt mir schwer, die Sonne, das Meer, das Leben zurückzulassen.

Auf der Order stand: «Keiner kehrt lebend heim!» – Und statt diese Menschen mit Respekt und Anteilnahme zu behandeln, schlugen und stießen sie sie, waren grausam zu ihnen.

Ferenc Herczeg, einstmaliger Literaturpapst, über seinen Verleger (István Farkas, den Sohn von József Wolfner): «Nach dem Tod seines Vaters mußte István Farkas Paris, wo er als Maler ernsthaft Erfolg hatte, verlassen; er kehrte nach Budapest zurück und übernahm die Leitung des Verlags. Obwohl er sich gegen seinen Willen in den Direktorensessel setzte, entpuppte er sich zu aller Erstaunen als ausgezeichneter Verleger. Doch wurde ihm Budapest zum Verhängnis: zur Zeit der Pfeilkreuzler kamen er und seine Frau tragisch ums Leben. Wenn wir einbeziehen (sic!), daß ein Bruder jung Selbstmord beging und die Mutter in einer Irrenanstalt starb, müssen wir feststellen, daß diese Familie recht eigentlich vom Schicksal verfolgt war» (Ferenc Herczeg: *Hűvösvölgy*, S. 176). Mit «ernsthaft Erfolg hatte» ist gemeint, daß István Farkas eine der großen Gestalten der zeitgenössischen Malerei war; mit «tragisch ums Leben kam», daß er in Auschwitz ermordet wurde. (Im übrigen ist auch «die Zeit der Pfeilkreuzler» eine Verfälschung: István Farkas wurde angezeigt, interniert und im Juni 1944, also zur Zeit der deutschen Okkupation, doch unter der kontinuierlichen, legitimen ungarischen Regierung, nach Auschwitz deportiert – wie eine halbe Million weiterer Juden.) Man darf jedoch nicht vergessen, daß der Wolfner-Verlag mit Vorliebe solch mittelmäßige, als politisches Sprachrohr dienende offizielle Autoren herausgab, wie F. H. einer war – warum, das interpretiert Herczeg selbst folgendermaßen: «József Wolfner war ein einfaches Gemüt, doch gleichzeitig ein genialer Geschäftsmann, der ein ausgezeichnetes Gespür bei der Beurteilung literarischer Werke hatte. Er erriet immer, was das Publikum brauchte. Die Leser seiner Bücher und Zeitschriften rekrutierten sich aus den Kreisen der damals noch mächtigen christlichen Mittelschicht. Obwohl er selber Jude war, gab er den christlichen Schriftstellern eindeutig den Vorzug» (*Hűvösvölgy,* S. 175). Wäre der Verfasser – Ferenc Herczeg – nicht so unbedarft, könnte man aus diesem mörderisch dummen Lob das ganze sogenannte ungarische Verhängnis herauslesen, das eher als radikaler Mangel an gesellschaftlicher Solidarität zu bezeichnen wäre. Wohin ist diese assimilierte jüdische obere Mittelschicht, die ihre eigene Vernichtung mit solch streberhaftem Eifer betrieb, verschwunden? Wolfner starb im eigenen Bett, doch seine Nachfahren wurden verfolgt oder umgebracht, die wunderbaren Bilder seines Sohnes István Farkas wurden später aus dem Kulturleben des ungarischen «Proletarierstaates» verbannt, so wie schließlich auch Ferenc Herczeg von der sogenannten sozialistischen Kulturpolitik zum Schweigen gebracht wurde. Die Wahrheitsmaschinerie der Totalitarismen ist wie ein Fleischwolf ununterbrochen in Betrieb. Was Ferenc Herczeg, diese repräsentative Gestalt der sogenannten ungarischen christlichen Mittelschicht betrifft, so könnte seine heuchlerische Jovialität in bezug auf die Judenvernichtung in Ungarn für die Zukunft – beziehungsweise für die Gegenwart – beispielhaft werden, zeigt sie doch den tölpelhaften Antisemiten, wie man das Thema Auschwitz in weißen Handschuhen und mit abgespreiztem kleinem Finger anzufassen hat ...

Große Dinge werden angemessen nur in großen Epochen erlebt; denn eine Epoche ist gerade dadurch groß, daß in ihr großer Stil herrscht.

Der «moderne» Stil ist nicht jung, sondern alt. Nicht Anfang, sondern Ende. Nehmen wir zum Beispiel Duchamp, der vom perfekten Porträt zur perfekten Abstraktion gelangte und – in seinem vorletzten Bild – zur Synthese. Die Kunst ist diesbezüglich wie ein Embryo: bevor er zur Welt kommt, muß er sämtliche Entwicklungsstadien durchlaufen.

Mit den Visionen, großen Erkenntnissen und inneren Erlebnissen, wie sie mir noch vor vier, fünf Jahren zuteil wurden, ist es offenbar zu Ende; wenn jedoch der Verstand die Stelle des Seelenlebens einnimmt, beginnt jener Niedergang, dem schließlich auch der Verstand zum Opfer fällt.

Nichts ist vollkommen, nicht einmal die Vollkommenheit selbst, weil ihre Verwirklichung nur mit unvollkommenen Mitteln erfolgen kann.

Melancholie am Fenster: Ich sehe auf der Straße ein Gewimmel von behaarten, schmutzigen Wichten, die wie Giftpilze aus dem Boden schießen und sich, auf Beute lauernd, prekär bewegen, eigengesetzlich, unverständlich, wie die Flora und Fauna eines fremden Planeten.

Frühmorgens ein leichter Anfall von Angina; aus körperlichen Gründen verläßt mich die Seele.

Jetzt kommen mir die apokalyptischen Regenfälle dieses Frühjahrs in den Sinn. Jener bestimmte Punkt auf der Autobahn zwischen Venedig und Mailand, wo uns, wie ein schicksalhaftes Rendezvous, täglich ein Wolkenbruch erwartete. Die Sintflut auf dem Klagenfurter Ring, die biblische Dunkelheit am Mittag; hinter der regennassen Windschutzscheibe M.s ungläubiges, konzentriertes Gesicht, auf dem sich das rote Bremslicht des dinosauriergroßen Lastwagens vor uns widerspiegelte. Und jene Wassermasse, die nicht in Schauern, sondern in zusammenhängenden Strähnen niederging, in einer reglosen Nebelnacht bei Nikkelsdorf, wo uns der österreichische Zollbeamte aufforderte, aus dem Schutz des Autos in die strömende Flut hinauszutreten, nur weil M. einige Meter über die Zollstation hinausgefahren war. Er selbst stand unter dem Dach derselben, wippte auf den Stiefelabsätzen, schrie und versperrte uns den Weg, damit wir möglichst viel Regen abbekamen. Später – oder vorher? – in Basel, ich renne zur Straßenbahn, der Regen rinnt mir über den Nakken in die Kleider, in meinen Schuhen gluckert das Wasser. – Das überwältigend reiche Basler Kunstmuseum; vor dem Theater ein Brunnen mit Mobile, kataton oder manisch sich bewegende wasserspeiende, wasserschluckende, wassermessende, wassergießende, im Wasser sich drehende Apparate, ein niederschmetternder Anblick; das Restaurant mit Rheinterrasse, der geschickt kaschierte Hedonismus, der bedrohliche Reichtum. Dieser Reichtum – das sieht man auf Schritt und Tritt – wird sich verteidigen. Die kunterbunte rempelnde Menschenmenge um mich herum wird ihn verteidigen, weil sie nur so in den Genuß der von ihm fallen gelassenen Brosamen kommen kann – herbeigeströmte Nomaden, deren Präsenz in dieser zurückhaltend-eleganten Stadt unterschwellig überall spürbar ist, wie die von Algen unter einem glitzernden Wasserspiegel. Ein Brief von Cioran an Dieter Schlesak gerät mir in die Hände: «Für den Westen ist der Tag unvermeidlich, da seine Fremdarbeiter über ihn herrschen werden. Die Zukunft gehört immer den Sklaven und den Einwanderern ...» Ganz Westeuropa hat sich auf Verteidigung eingestellt, mit seinen nach Osten vorgeschobenen Wachposten, den Österreichern. Aber nie taucht die Frage auf, was es denn außer Geld noch zu verteidigen gebe (etwa die westliche Kultur, die schon lange nicht mehr existiert?); auch schaden die Methoden der Verteidigung den Überresten der westlichen Demokratie mehr, als daß sie ihr wirksamen Schutz bieten. Westeuropas klaustrophobische Angst läßt Adolf Hitler wiederauferstehen, mithin den Superioritätswahn der Inferioren. Wieder werden die Besitzer von Geld und Macht, um zu retten, was es zu retten gibt, die vollkommene Zerstörung der Gesellschaft billigen und schließlich um den Preis eines neuen Totalitarismus sowie neuer gesellschaftlicher Katastrophen davonkommen; doch was für ein Davonkommen, was für ein Totalitarismus wird das sein? Wer wird behaupten können, diese drohenden Ideologien verfügten über ein Ideal, über etwas, das nicht bereits ausprobiert, nicht bereits durchgespielt worden wäre? Es fällt mir eine (diesmal trockene und milde) Nacht in Solothurn ein, die zufällige Begegnung mit einem Schweizer Schriftsteller; er führte mich über einen märchenhaften Platz in eine märchenhafte Kneipe und erklärte mir in dieser märchenhaften Sieben-Zwerge-Umgebung mit vor Beschwipstheit leicht schiefem Mund und mit angsterfüllten Augen, daß bald der Faschismus siegen und überall regieren würde, doch käme er diesmal nicht aus Deutschland ... Etwa eine halbe Stunde lang sprach er so, tief verbittert, und ich teilte seine Meinung voll und ganz. Dann machten wir, eine Gruppe von vier nomadischen Schriftstellern, einen ausgedehnten Spaziergang in der lauen Nacht, zwischen Solothurns unwahrscheinlichen Kulissen, was den Schweizer endgültig aufbrachte: Hinter den Fassaden dieser mittelalterlichen, barocken und Rokoko-Häuschen wohne niemand, erklärte er, weil die Wohnungen unbezahlbar seien, hier gebe es nur Büros, Banken, Vertretungen von millionenschweren Firmen ... Ich hatte den Eindruck, die Welt sieche bereits in Lüge dahin, sie warte nur noch auf den Gnadenstoß, den sie jedoch durch Bestechung mittels gigantischer Geldwäsche und durch verworrene Gesten und Reden im letzten Augenblick abgewendet habe beziehungsweise ständig hinauszögere. Aber wenn sie einmal, ein einziges Mal nicht mehr zahlen kann …

K., der Schriftsteller, sagt folgendes: «Wovon bin ich ausgegangen? Ich weiß es nicht. Unsere Existenz ist eine solch gravierende Tatsache, daß wir ihr nicht nur nicht ins Auge sehen wollen, sondern vermutlich auch nicht können. Mal respektvoll, mal lachend, mal erschüttert, mal – ich gestehe es – leicht verständnislos bewundere ich unsere Unwissenheit, Zerbrechlichkeit, Hinfälligkeit sowie unseren unbegreiflichen Mut (oder ist es Ohnmacht?), uns überhaupt zum Leben zu erkühnen …»

Nach kurzer Überlegung fügte er hinzu: «Mein Leben, meine sogenannte ‹Laufbahn› funktionierten nur beziehungsweise kamen nur in Schwung, indem ich mich zu einem andern machte, als ich bin (obwohl ich natürlich nicht weiß, wer ich bin – und statt ‹obwohl› müßte hier eher *weil* stehen). Nie vermochte ich mit meiner Lage, mit meinem wirklichen Leben identisch zu sein – und hier wäre hinter ‹wirklich› ein großes Fragezeichen zu setzen, denn die Tatsache, daß ich mich zu einem andern machte, mithin meine Phantasie und meine Kreativität ja ebenfalls ‹wirklich› waren, ‹wirklicher› sogar als die Wirklichkeit, schufen sie doch ihrerseits Wirklichkeit.»

Hier machte er wieder eine Pause, bevor er so schloß: «Ja, mein Freiheitsdrang erwies sich oft als stärker als die sogenannten realen Verhältnisse, und daß er schließlich die Oberhand gewann, ist natürlich vor allem glücklichen Umständen, doch nicht minder dem Wesen dieser Verhältnisse zuzuschreiben: es scheint, daß Energien wie der Freiheitsdrang nicht weniger Realien sind als die ihnen gegenüberstehende Wirklichkeit selbst.»

Jetzt verstummte er, sichtlich erfüllt von dem, was er am Anfang «die gravierende Tatsache unserer Existenz» genannt hatte, so daß ich ihn diesmal nicht mit Einwänden belästigen wollte (obwohl ich einige parat habe).

_____In einem Tag kann man die Schrecken der Hölle erleben; es ist reichlich Zeit dazu.» (Wittgenstein)

Ich habe sie in einer halben Stunde erlebt.

Und A., meine arme Frau?

Wir saßen im Vorraum des «Computertomographie-Labors». Es war der 1. August, schreckliche Hitze. Wir warteten stundenlang, und ich versuchte unter Aufbietung all meiner körperlichen und seelischen Kräfte, an diesem außergewöhnlichen Ort, in dessen dicker Luft das Unglück gleichsam zu greifen war, eine gewisse Alltäglichkeit oder beruhigende Banalität herzustellen und aufrechtzuerhalten.

Nachdem man A. zur Schädeldurchleuchtung zitiert hatte, mußten wir nicht einmal zehn Minuten auf das Urteil warten.

In einem verdächtigen Nebenzimmer teilte mir ein junger blonder Mann mit Brille, über ein Papier gebeugt, furchtbare Dinge mit – eilig, sachlich, unwiderruflich.

Ich taumelte nach Hause, um zusammenzupakken, was ein Menschenwesen auf der letzten Etappe seines Erdenwandels braucht: Nachthemd, Zahnbürste, Pantoffeln …

In diesen Wochen mache ich ununterbrochen Notizen über die Verhältnisse, in denen ich lebe, wobei diese Notizen in keiner Weise den Verhältnissen gleichen, in denen ich lebe.

Nie werde ich erfahren, wie ich das Grauen von A.s Agonie durchgestanden habe, so wie ich – letzten Endes – nie etwas Wesentliches über mich erfahren kann. Meine Gegenwart konstituiert sich aus Erinnerung: Zukunft aber meint, daß ich über meine gegenwärtige Gegenwart urteile; infolgedessen dringt in all meine Gedanken und Taten, wie ein heimtückisches Gift, etwas Verfälschendes ein. Zu registrieren bleibt: der minütliche Verrat am Lebendigen, die wohlbekannte und unüberwindliche Schande der Selbsterhaltung. Früher oder später findet sich der Mensch in der Lage, daß er einen Kampf ums Überleben ficht, um ein Überleben, das vom Chaos des Sterbenden verschlungen zu werden droht. Zuerst erfahren wir, die von uns geliebte Person sei todkrank, dann gewöhnen wir uns an den Gedanken, finden uns damit ab und überlassen sie den Fachleuten. In gewisser Weise werden wir zu Mördern, und nur wenigen gelingt es, dies zu vermeiden, vielleicht den Einsamen, den Alleinstehenden. Aber auch diese hatten vielleicht einmal einen Vater oder eine Mutter, die unter dem Mülleimerdeckel hervor zu ihnen sprach. Hierzu ist zu sagen, daß Situationen, die eine solche Praxis, und eine Praxis, die solche Gedanken hervorbringt, typisch für die moderne Lebensweise sind. Der Tod – genauer das Sterben – waren auch früher ein Problem, doch ein sozusagen natürliches Problem. Die modernen Zeiten reimen sich irgendwie immer auf Auschwitz; immer ist Auschwitz in ihnen präsent.

Eines Tages werde ich erkennen, daß dieser Tod auch der Anfang meines Todes war. Ich überquere eine Straße, die eher in die Szenerie der äußeren Ferencváros passen würde, zufällig aber in der Umgebung der Oper liegt und die Andrássy- mit der Király-Straße verbindet: die Pál-Vasváry-Straße – dort, vor einem verwitterten, baufälligen Haus, das gleichsam aus allen Wunden seines vernachlässigten alten Körpers blutet, staut sich plötzlich die Zeit, kehren die Anfänge zurück … Hier oben im ersten Stock war ich zur Untermiete, in einer «äußerst reizlosen Wohnung, die mir besonders durch ihren eiskalten Abort auf dem Bogengang erinnerlich ist» – wie ich achtunddreißig

Jahre später, das heißt vor vier Jahren, in meiner Erzählung *Die englische Flagge* schrieb. Es war Winter, der grausame Winter 1953 / 54. Wie soll ich unser damaliges Leben charakterisieren, jene Stimmung, jenen Zustand allgemeinen Vertrauensverlustes? Jene vollkommen unwirkliche oder besser unwahrscheinliche Realität? Wir lernten uns am Abend des 14. September 1953 in einer Espresso-Bar kennen und verbrachten die Nacht in meinem Zimmer an der Logodi-Straße ... Ich war vierundzwanzig, sie dreiunddreißig. Ich kam aus den nazistischen Konzentrationslagern, direkt von der «*Endlösung*»*, und aus den trostlosen Tiefen der harten «fünfziger Jahre» – und obwohl es nach außen nicht sichtbar war, wirkte das alles eher inspirierend als vernichtend auf mich. Auch sie kam aus dem Krieg, als Flüchtling, ihre Familie war ausgerottet, der Familienbesitz – das Erbe – zerstreut worden, sie mußte von vorne anfangen, ihr Mann wurde zu Beginn der Schauprozesse inhaftiert, sein Geld, seine Habe wurden beschlagnahmt, sie mußte von vorne anfangen, schließlich wurde sie selber verhaftet, war ein Jahr lang in Gefängnissen und Internierungslagern – das alles brach ihren Willen, höhlte ihr Selbstvertrauen aus. Jede Wahl, so auch ich, insbesondere ich, war für sie eine Selbstbestrafung wegen eines mystischen Vergehens, dessen sie sich nie schuldig gemacht hatte. Unser Gefängnisleben setzten wir fort, doch nun zu zweit, denn wir kannten nichts

* Im Original deutsch

außer Gefängnissen, waren nur in Gefängnissen heimisch. Wir fanden und erkannten einander, wie dies in Gefängnissen geschieht: unsere Beziehung war eine Gefängnis-Solidarität, ein aussichtsloses Aufeinanderangewiesensein, das auf eine harte Probe gestellt wurde. Aber dies ist bloß Beschreibung, Formulierung, Deutung, und jede Deutung ist zwangsläufig auf eine dritte Dimension ausgerichtet; das unaussprechliche Geheimnis zwischen zwei Menschen, deren einzigartige, *geschlossene* Welt entzieht sich ihr. Mit einemmal werde ich mir bewußt, daß diese Welt nicht mehr *existiert,* daß ich nur noch Erinnerungen an sie habe. Und diese Erinnerungen sind meine Erinnerungen, keine *zweite Dimension,* kein Beweis vermag sie zu bekräftigen: vielleicht stimmt es gar nicht, daß ich gelebt habe, vielleicht stimmt gar nichts. Sie ist gegangen und hat den größten Teil meines Lebens mitgenommen – die Zeit, als mein Schaffen anfing und sich erfüllte und wir uns – in unserer unglücklichen Ehe – so innig liebten. Unsere Liebe war wie ein taubstummes Kind, das mit ausgebreiteten Armen und lachendem Gesicht dahinrennt, dessen Mund sich aber langsam zu einem Weinen verzieht, weil keiner es versteht und weil es kein Ziel sieht. Mir wird fast schwindlig angesichts der Gewißheit, daß die Vergangenheit in einem einzigen Moment zu dem wird, was ihr Name besagt: vergangen, zu einem verlassenen Depot von alten Dingen, Erlebnissen, Klängen und Bildern, die längst losgelöst sind von ihrem lebendigen Ursprung, vom Leben, das sie einst hervorgebracht und eine Zeitlang intakt behalten hat. Meine Geschichte ist von mir abgefallen: mich erfaßt eine jähe Gleichgewichtsstörung, als hätte ich mich verirrt und wäre zwischen Vergangenheit und Zukunft aus der Zeit herausgeglitten. Irgendwann einmal werde ich mich von diesem Zusammenbruch erholen, werde der beharrlichen Stimme folgen, die mich hinter meinem grauen Nebel hervor zurück ins Leben ruft. Im Augenblick aber stehe ich, unwissend und verständnislos, gleichsam auf der Schwelle zwischen Leben und Tod, mein Körper strebt Richtung Tod, mein Kopf dreht sich zum Leben um, mein Fuß holt unschlüssig zu einem Schritt aus. Einem Schritt wohin? Egal, denn wer den Schritt tut, bin schon nicht mehr ich, das ist ein anderer …